El detective del Zaidín

El detective del Zaidín

Alfonso Salazar

EDICIONES B
GRUPO ZETA

Barcelona • Bogotá • Buenos Aires • Caracas • Madrid • México D.F. • Montevideo • Quito • Santiago de Chile

1.ª edición: marzo 2009

Bailén, 84 - 08009 Barcelona (España)
www.edicionesb.com

Printed in Spain
ISBN: 978-84-666-3653-7
Depósito legal: B. 872-2009

Impreso por LIMPERGRAF, S.L.
Mogoda, 29-31 Polígon Can Salvatella
08210 - Barberà del Vallès (Barcelona)

1

El hombre estaba encaramado al alféizar. Asomaba la cabeza rapada y miraba hacia abajo la gran atracción del abismo. Los veinte metros largos que le separaban del suelo del patio estaban llamándolo. El sol de primavera había irrumpido desde aquella mañana. El aire de la sierra le redondeaba su calva y le regalaba cierto sabor dulce en los labios secos.

—¿Pueden ustedes determinar que allí arriba tenemos un claro ejemplo de esquizofrenia? Anoten: la tendencia al suicidio se asocia con problemas de soledad, abandono psicológico en la infancia, drogadicción, enfermedades graves, etcétera, etcétera. Y en pacientes psiquiátricos es muy común tras ser dados de alta. No es el caso. Será incapaz de saltar. Nos lo ha hecho muchas veces.

Don Sebastián Aragón, profesor, pontificaba para un escaso grupo de alumnos de psiquiatría que tomaba nota de cada una de sus palabras. Señaló de nuevo hacia la figura de ave engarzada al pretil. El hombre de arriba movía los brazos, intentaba volar.

—... soledad, repito, aislamiento social, ancianos, jubilados, viudos y viudas, separados, solteros, desempleados, amargados en general, divorciados, por ausencia de progenitores, sean huérfanos o niños abandonados a su suerte, etcétera, etcétera, abandono en la infancia, repito, o en la adolescencia, hogares desestructurados, fracasos en los proyectos de vida. Como ven ustedes, casi todo el mundo... No hay quien escape a la definición. —El profesor rio su propia gracia mirando al cielo—. Pérdida de sus antiguos valores sin haber logrado adquirir aún otros nuevos, etcétera, etcétera, desesperanza extrema y, finalmente, suicidio. —Don Sebastián hablaba despacio, dando tiempo a la toma de los apresurados apuntes—. Fíjense en el movimiento de brazos. Quiere volar: un ejemplo de ausencia de maduración. Diga, Pareja García, ¿está de acuerdo con el diagnóstico? Calle, Pareja García, calle, no va a aportar nada a estas alturas de curso. —Señaló la altura del edificio y volvió a reír, solo, su gracia—. Muchos quieren volar. Cosas de loco. —El profesor carraspeó y se puso la mano como visera para que el sol, que peleaba todavía con las nubes, no le impidiese observar con atención al individuo que amenazaba con volar definitivamente—. No pierdan puntada. Ahora se pondrá de pie, inspirará profundamente, graznará como un cuervo y moverá los brazos con más fuerza, como tomando impulso. Y en pocos minutos, en el proceso de su rito, comenzará a gritar: «¡Vuelo, vuelo!» Ellos creen que pueden manejarnos. Nosotros los manejamos a ellos: es nuestra responsabilidad. Si no es así, mis queridos alumnos, están ustedes perdidos, serán un juguete en manos de majaretas. Nosotros somos los que decidimos todo. Hasta la vida, o la muerte.

El hombre, tal y como había indicado el profesor, se alzó y miró hacia el Mulhacén, majestuoso, coronado de nieve. Aleteó, ya de pie, y se colocó al pie del abismo.

—Que oyen voces, les dirán. A ver, usted, Mendoza

Casquillo, que le veo inquieto. ¿Se atreve a opinar sobre mi diagnóstico?

Mendoza Casquillo, estudiante poco brillante de último curso, sacó un pañuelo del bolsillo del pantalón y se lo pasó entre el flequillo y las gafas, como si verdaderamente hiciese calor. El patio, iluminado, con dos o tres internos que paseaban uniformados y recogiendo la basura de las esquinas, se le mostró como una enorme lápida. Un hombrecillo, otro interno, sin duda, abría sus brazos al pie del edificio, como quien propone una mínima lona de bomberos.

—Me va a perdonar usted, don Sebastián —dijo el estudiante—, apuntaría síntomas menos sociológicos. Qué sé yo, alcoholismo, melancolía, alienación... pero vamos, que a mí me parece que ese tipo se va a tirar... ¿No sería más conveniente dar aviso a los celadores?

—¿Los celadores, Casquillo? Allí están, bajo el chaparral. En cosas más importantes. Esta escenita, esta llamada de atención sucede día sí, día también. Estamos acostumbrados. No entra en los cánones. El suicidio es un acto propio y exclusivo de decisión existencial y situacional de la víctima. Se lo digo yo, que sé de esto un rato... Si se deja llevar por las apariencias, y aplica los libros sin ton ni son, entra en el juego del paciente, que no es tonto, y usted está perdido. Pero, ya les digo, para eso vienen ustedes aquí: es mi paciente, y yo lo conozco. Es mi santa voluntad y, por eso, ustedes apuntan notas. Más tesón, más firmeza, Casquillo, coño. —El profesor hizo con sus manos un corto tubo que se encajó en la boca para gritar con fuerza—. ¡Don Francisco Antolín! ¡Don Francisco Antolín! ¡Ya vale, ya le hemos visto! ¡Baje y le daremos la merienda! Ve usted, Casquillo —dijo don Sebastián girándose hacia el alumno—, ahora bajará con tranquilidad, se ha dado su baño de gloria. ¿Qué le ocurre, Casquillo? Está pálido, se le ha quedado un grito, como injerto, en la garganta.

El hombre volaba. Los locos que recogían la basura miraron en silencio, chasquearon la lengua y bajaron la cabeza siguiendo el vuelo imposible. La lona imaginaria que tendió aquel otro hombrecillo no sirvió de nada. Mendoza Casquillo también cayó al suelo, desde menos altura. Francisco Antolín era papilla ante los ojos sorprendidos de don Sebastián Aragón Acosta.

2

La ciudad se envolvía en el aroma dulzón del incienso barato. Las bandas de tambores y cornetas estrujaban sus últimos ensayos en las rotondas, bajo los poderosos puentes de hormigón de la carretera de circunvalación. El Ayuntamiento levantó una enorme grada en su plaza principal que servía de tribuna, desde donde las familias acaudaladas, los aficionados entusiastas y algún que otro turista se verían, uno tras otro, los cuarenta y tantos pasos con sus correspondientes obras de imaginería barroca, o simulada, que desfilarían en la Semana Santa, Semana del Mayor Dolor, de la ciudad de Granada.

Aquella primavera de 1992 traía consigo la inauguración de la Exposición Universal de Sevilla, donde su Semana Santa, medida universal de todas las semanas santas del mundo, estaba a punto de iniciarse. Granada se contentaba con la migaja de obras faraónicas que traía la conmemoración: un cinturón semicircular circunvalatorio y una autovía que le comunicaba con la capital andaluza. Las inversiones de la EXPO '92 se quedaron en un refilón de la fortuna, aunque el gobierno autonómico andaluz vendiese el humo de la modernización, del paso definitivo hacia el futuro: un futuro plomizo como aquel Viernes de Dolores. Un futuro que nunca se sabría dónde terminaba, pero que tenía fecha de inicio, el 20 de abril de 1992, inauguración del recinto expositivo en la Isla de la Cartuja, con rey de España incluido y parafernalia.

El barrio granadino del Zaidín era una aglomeración de gente, más perteneciente a un pasado de estrecheces que al futuro glorioso, que se levantaba sobre parte de la antigua Vega granadina. Allí llegaron en los años cincuenta trabajadores de toda la provincia —«trabajadores de toda la provincia, uníos», decía en el Bar Gabriel el Sandokán, sindicalista persistente—, lo que provocó alta demanda inmobiliaria: cuchitriles donde criar a cinco churumbeles renegridos, y luego, qué remedio, reclamaron asfalto y hasta bibliotecas y carriles bici. Híbrido cruce, en fin, de un ambiente parecido al que aún tenían los pueblos del cinturón, con veta de suburbio.

Transitaba el barrio entre el paso definitivo a la vida pudiente de las hipotecas y la mirada atrás, tan atrás como cuando sólo se servía pollo dos veces al año, se almorzaban sobras de fin de semana el lunes, se fumaba caldo de gallina y la felicidad costaba muy poco. El Zaidín, bienaventurado, ensanchó sus límites y aquel año 1992, como la EXPO, sería crucial, inolvidable: el año en que se construyó el Palacio de Congresos, se inauguró la Circunvalación de Granada y se levantó ante su jeta de barrio un muro que servía de parapeto al soterramiento de parte de la carretera principal. Eso sí, ahora que toda Europa echaba los muros abajo, aquí se levantaban.

Pepe *el Dientes* era ajeno a todos los ires y venires de ese futuro por mitad de la Avenida. En invierno desempolvaba un nacimiento mecánico, completo, con su niño Jesús saludando a los chiquillos. Su mula girando alrededor de un pozo imaginario. El agua corriendo en un circuito cerrado. El sol y la luna alternándose en la parte alta. Era un carro que heredó de su padre, cuyo atrezo él mismo repasaba de pintura y le daba algún arreglillo a las miniaturas llegado el mes de noviembre, para su puesta a punto. El resto del año paseaba su culo blandengue por los bares de la Avenida sin un lugar preciso donde dejarlo reposar. Se acompañaba entonces, llegada la temporada alta, de un cartelón escrito a mano donde, a tenor de las fechas, anunciaba módicos viajes a los Carnavales de Cádiz en el mes de febrero, al Rocío onubense para Pentecostés, viajes a la Costa del Sol en verano y desplazamientos a Sevilla en Semana Santa, ida y vuelta, autobús pullman, con todas las comodidades y almuerzo en carretera, dos mil pesetas.

Una vez al mes, se dedicaba al trasiego por la Europa más cercana, con viajes a Portugal para comprar toallas y juegos de cama, o a Gibraltar para cargar los bajos del autobús de güisqui y tabaco de contrabando. Entre viaje y viaje se agenciaba la rifa de un jamón, un peluche gigante o un cartón de Winston, para ir trampeando. Con su cartel en una mano y un taburete de tijera en la otra se paseaba por la Avenida, entraba en los bares y las tiendas para charlar con los vecinos y pregonaba la rifa del día o las diversiones: los climas exóticos y las tradiciones ancestrales que ofrecían sus viajes.

Pepe *el Dientes* era el único agente de viajes del barrio, una especie de Marco Polo de botijo y fiambrera de mortadela y biscote, que acompañaba en casi todos los desplazamientos a sus clientes, ya fuese por darse un garbeo y visitar algún bar de putas caras de Marbella o para negociar, en persona, el cargamento de cajas de tabaco rubio americano en el Peñón.

Aquella mañana en que pregonaba el inminente viaje a la Semana Grande sevillana, no sólo ofrecía Domingo de Resurrección con tarde de pipas de girasol e incienso a la vera del Guadalquivir, sino que proporcionaba entradas de lunes de pascua y postresurrección al recinto de la EXPO, que estaba a pique de un repique, y billetes para la corrida de toros que Antoñete ofrecería en la Maestranza.

Matías Verdón, ex fontanero y ahora detective, estuvo a punto de comprar uno de aquellos boletos que lo sacaran del barrio. Intentó animar a su eterno acompañante, el ilustre cartero y futuro conductor de coches fúnebres Desastres, para hacerse los doscientos cincuenta kilómetros camino de Sevilla y marcharse a la EXPO de países lejanos, donde visitar los pabellones de Australia y de Japón, disfrutar de la visión licenciosa de las estanterías de quesos de Francia y Holanda, danzar en las celebraciones del año del dragón chino, admirar los cohetes traídos del Houston americano, palpitar con los zumbidos de tamtan del África negra, fantasear con los cuerpos de las mulatas de desfiles de samba y dejarse el estómago hecho pedazos con unas fajitas picantes de México. Tuvo que explicar al Desastres lo que era la Exposición Universal de Sevilla, que confundía, el pobre bruto, con la Feria de Muestras de los Pueblos de la Provincia que cada año tenía lugar en la muy cercana población de Armilla.

—Una Feria de Muestras, pero del copón. —Fue la definición que Matías Verdón encontró y que comprendió el Desastres—. Con gente de todo el mundo, en pabellones, que son como naves industriales de una sola cosa. Pero kilómetros y kilómetros de pabellones. Que te metes allí, Desastres, y ni en un día te da tiempo a verlo todo.

—Como la Alhambra —contestó melancólico.

—Pues sí, como la Alhambra, pero no todo de moros. Qué va. De todos los países del mundo, te he dicho.

—Digo como la Alhambra, que no te da tiempo a verla toda en un día. Eso dijo el Nueva York Irving.

—Washington Irving, Desastres. Washington: otra ciudad.

La conversación y la imaginación reclamaron rellenar las copas —«vinos del mundo, uníos», diría en el Bar Gabriel el Poeta— y Verdón, investigador privado de tres al cuarto, con los bolsillos pelados y la barriga inflada, movió el bigote en dirección a Bernardo, camarero que, hacendoso, vertió moscatel y fino a dos manos en los catavinos de la pareja. Degustó el ligadillo Verdón como quien está probando los mejores vinos italianos y chascó la lengua despegándola del paladar:

—Gente de todo el mundo, Desastres, del mundo mundial. De África, de América, de Europa, de Asia, hasta de las antípodas. De los cinco continentes y de los siete mares...

—Como el Mundial, pero sin fútbol.

—Eso es, Desastres, como el Mundial, pero sin fútbol y durante seis meses.

—Pues no sé yo para que sirve un Mundial sin fútbol durante medio año.

3

A Sebastián Aragón Villegas, gerente del psiquiátrico, le llegó el tufo de dragón del subinspector Domínguez. El tufo era prodigiosa mixtura de olor podrido de brandy 103 mezclado con caries de antes de la transición. Domínguez había optado recientemente por no reformarse. Estaba a punto de emparentarse para siempre con la viuda Mariángeles, que le dejaba desde hacía años la ropa como los ángeles mismos, que le ponía un plato a la mesa y le calentaba la cama ofreciéndole un enorme trasero mirando a La Meca.

Pero Domínguez era carne de perro: brincaba en los años para evitar el matrimonio y la paciencia consumida, el desamor pasajero de la viuda de sus desvelos le devolvían habitualmente al bar de sus desgracias: El Santuario, en el que presidían unas botellas de Fino Dos Cojones con la efigie de Francisco Franco, Caudillo por la gracia de Dios, en pose triunfal y varios escudos preconstitucionales por las paredes. Además, el bar estaba frente a comisaría. Un lugar ideal donde podía pavonear con los nuevos chicos del PP —a los que había aleccionado cuando mozalbetes dirigiendo la banda de la OJE— y chulear a los nuevos chavales de la policía, que se presentaban con la Constitución aprendida de pe a pa, los incautos.

Al subinspector le habían chafado la mañana y el caso amenazaba con estropearle todo un mes. Le acompañaba Machuca, el demócrata. Observó la línea de cal que acogió el cuerpo menudo de Francisco Antolín. La cabeza había estallado en el terrazo del patio. Como un aura en el dibujo de la cabeza, de la cal salían unos hilillos que querían escapar, resecos y sanguinolentos, como una melena eléctrica, de loco.

El gerente, un meapilas de treinta y pocos años, tomó media compostura. Estaba en su despacho. Ningún policía borrachín le iba a calentar antes de desayunar. Se incorporó en el sillón acolchado y se ajustó el polo azul marino con el reborde de la bandera española en el cuello y un cocodrilo pocho a la altura del corazón. Pensó que la bandera conectaría con el inconsciente del inspector: conocía la madera de esos tipos.

—Yo no me he caído de un guindo y este tipo se ha caído de un tejado: usted me da los papeles donde diga que el tipo estaba rematadamente loco, y punto. Aquí se acabó el asunto. Pero que no venga nadie a tocarme los cojones con que si no sabe si al chalado lo empujaron. ¿Me entiende? El tipo se tiró y ni Dios estaba en los alrededores, y yo necesito para eso (porque de asuntos de locos no quiero saber y quiero dar carpetazo) que me dé los papeles del majara para el informe, y sanseacabó.

—Los papeles están, subinspector —dijo el gerente—. Lo sucedido es un riesgo que siempre puede acontecer. Pero el caso es que el loco lo hacía todos los días, y yo no dudo: nadie lo empujó. Y no me miente a Dios, usted... Sepa que Dios está en todos lados, y también acompañarán sus ángeles al pobre fallecido. Le digo que lo hacía todos los días, e incluso era tomado como ejemplo evidente de desequilibrio. Y le digo esto, y le doy los papeles, para que entienda usted que lo veíamos venir. A mí no me busquen tres pies. Y no se me escame, pero nunca se sabe dónde salta la liebre y uno hace lo que puede.

—Pues ya sabe, doctorcete, que las liebres le saltan por el tejado —dijo el subinspector con media sonrisa de dientes cariados tirando de la carpeta que ofrecía el meapilas.

—Pero hay otra cosa —dijo el gerente intentando relajarse—, y es una cosa que no sé dónde puede ir a parar. La «cosa» es que ya han venido a hablarme del tema antes de venir usted. Y eso que avisamos primero a ustedes. No mereció la pena ni que se afanase el forense: el loco estaba literalmente licuado en el suelo. Pero se les han adelantado y el asunto no me gusta un pelo. Vino un tipo gordo preguntando por el muerto. No, no era abogado —dijo el gerente adelantándose al pensamiento del inspector—, por los modales lo digo. Dijo llamarse Matías Verdón y venir en nombre de la familia. Va a abrir una investigación, por su cuenta. Y a mí, que le pisen terreno a la policía, no me hace gracia, y a usted por la cara que pone, tampoco. Me dejó su tarjeta, y el individuo se hace denominar «Detective Privado». Fíjese, un detective del barrio del Zaidín. Qué insensatez.

Domínguez encendió un Ducados con tal de no darse un apretón en las pelotas.

—Usted no se preocupe, que del gordo ese ya me encargo yo. ¿Le dijo en virtud de qué gilipollez se presenta por parte de la familia?

—Vino con otro tipo, un escuchimizado que lloraba mucho y decía ser sobrino del loco.

—El Desastres, otro tarado —dijo el subinspector llevándose el dragón de 103 a otro sitio.

4

La doctora Sacramento entró en el comedor. Los internos de la mesa cinco se arrojaban la comida utilizando los tenedores como catapultas. Las albóndigas (aquel día tocaba un buen proyectil) alcanzaban las mesas colindantes. Y había quien la recibía con molestia y la pisoteaba y quien creía que era un maná llegado del cielo y la engullía al vuelo.

Se acercó a Cuco Romero, ingresado en un principio lejano como alcohólico en la habitación 301 y diagnosticado como psicótico. Siempre prefería dormir en una celda de castigo, aun sin castigo, e ingresó hacía mucho tiempo para pasar el mono a base de inyecciones de vitamina B y pico y mucho cariño de enfermera. Estaba ajado como un geranio en el balcón del Poeta.

La doctora revisó con calma la dosis de tranquilizantes en el dossier. «Cuco Romero, alias de Pedro Romero Sánchez, compañero sin nadie en la celda, dueño de una radio del 36 que intentaba hacer funcionar día sí y día no para oír el parte de guerra. Tres chutes por día.»

Nada más que reseñar. El manicomio parecía el cuartel de los últimos de Filipinas. La anunciada reforma sanitaria dispersaba a los internos por la ciudad, y allí quedaban las piezas imprescindibles del museo. Cuco Romero era un histórico, un caso de difícil ubicación y un fracaso ostensible si se le dejaba un palmo de calle libre. No hacía dos años, el Poeta, huésped ocasional del psiquiátrico, consiguió convencer a un supuesto técnico electrónico recién ingresado que se acercase a la habitación 301 para poner en funcionamiento la antigua radio de Cuco. Allí fue la comitiva de internos, uno detrás de otro, coreando con ahínco frases insensatas. Llegaron a la celda de Cuco, un pobre rapado de cuarenta kilos de peso en metro y medio, que yacía en su cama de castigo, sobre la madera dura, como un asceta mareando su ayuno. El supuesto electrónico sacó un destornillador de la canilla, ajustado con una goma, que no había percibido el vigilante de turno. Metió mano a la radio. A los cinco minutos se oían voces lejanas, tibiamente. De inmediato aquello chisporroteó. Cuando las llamas llegaron al techo, los celadores intentaban sacar a Cuco de su euforia y el fuego, entre gritos de: «¡Funciona! ¡Funciona! ¡Queipo de Llano abandona Sevilla!»

Tenía aún la marca a fuego en la cara, una radio achicharrada que conservaba y la mirada más perdida. Ya no era el alcohol: sino un lugar recóndito donde habitaba el alma de Cuco Romero. Sólo Paco Antolín lo sacaba de su atonía. Iban juntos a misa y simulaban tocarse los genitales ante las internas del pabellón femenino. Eran inseparables. Excepto en el tejado: cuando Paco Antolín daba su recital de cuervo en posición de abrir las alas y volar, Cuco Romero lo esperaba abajo, abría los brazos esperando recoger el vuelo del amigo, como tenían acordado.

Desde la caída fatal de Antolín, Cuco andaba marchito, sin nada que hacer en el patio por las mañanas. Sacramento recibió el refilón de una albóndiga en el rímel de los ojos cuando estaba a punto de sentarse junto al indolente Cuco.

—Cuco, Cuquito —dijo la médico, que sacó cariño de donde no lo tenía y depositó con clase la albóndiga en el borde del plato—, alegra esa cara, hijo, que la vida no se acaba.

El loco miró con ojos perdidos a Sacramento y sus ojos bajaron de la mancha de salsa, que aún quedaba en su cara, al pecho redondo de la psiquiatra.

—Dame teta, doctora, y me pongo bueno —tartamudeó Cuco con cara de niño travieso.

—Déjate de tonterías, Cuco —dijo la doctora con autoridad—. Vengo a hablar contigo porque me lo ha dicho el doctor Aragón Villegas. ¿Me entiendes? Levanta la vista, Cuco. Paco se ha muerto. Tú no lo recogiste, no podías, y además, te habría aplastado.

A Cuco se le escapó una lágrima insólitamente cuerda:

—Yo no pensaba que él podía volar y aterrizar. Pero yo no tenía fuerzas para cogerlo. Ni fuerzas en la radio para oír el parte del general Queipo de Llano cagándose del susto. Liberan Granada y no me entero.

Sacramento no perdió los nervios a pesar de tratarse de un sábado a mediodía, rozando las horas extra.

—Cuco, ¿sabes tú quién es quien quiere saber de la muerte de Paco y ha venido a preguntar? —La cuestión le sonó a apertura de un diálogo de besugos, pero la cara desdentada del Cuco le demostró que no entendía nada, que podía volver a empezar—. Vale, me explico de otra manera: un señor ha venido a preguntar sobre Paco. Un hombre bajito y delgado.

—¿No era yo, doctora?

—Tú no, Cuco. —La imagen de Sebastián Aragón

hijo, repantigado en su sofá mientras ella hacía el ridículo en el comedor se le hizo insoportable—. Tú no, otro. Otro ha venido a preguntar por Paco, alguien que nunca había venido antes. ¿Sabes tú quién es?

—A Paco sólo venían a verle los ángeles —contestó Cuco con soltura.

—Éste no era un ángel. Los ángeles no eran familia de Paco, ¿verdad? Era alguien de su familia.

—Paco sólo veía ángeles los fines de semana. Y escribía a su sobrino. Uno que vive en Granada, en la Granada de la Alhambra, no la del cielo de Paco, la otra... Le escribía cartas largas. Pero Paco no sabía escribir en español. Sólo escribía como los cuervos. Una patita delante y otra detrás.

—¿Un sobrino? ¿Delgado, pequeñito?

—Yo no lo vi, doctora. Nunca. Me habría arreglado la radio. Mejor que el técnico. Porque Paco decía que su sobrino sabía mucho de ondas exteriores y pone a la gente en contacto. A veces lleva cartas a los muertos. Y yo a veces veo muertos.

—Entonces ¿no conoces a ese sobrino?

—Yo sólo sé que a veces me dan ganas *de hacerme un rosario con tus dientes de marfil* —canturreó baboso el peor Cuco y Sacramento, sintiendo una punzada muy antigua, corrió ligera hacia la puerta.

5

La doctora Sacramento García Pérez, veinticinco años, guapa de cara, con una perfecta sonrisa de dientes inmaculados, unas caderas demasiado altas y kilos bajo la cintura que le disgustaban, era prometida de Sebastián Aragón Villegas-Sañudo, gerente; y ella misma residente en el psiquiátrico con contrato temporal, a la espera del paso definitivo del doctor Aragón para formalizar el matrimonio y dedicarse a vivir de las rentas. Dispuesta ante su mesa escribió cuatro líneas en la máquina de escribir eléctrica y obvió los datos técnico-médicos pertinentes: «A 10 de abril de 1992. Pedro Romero Sánchez, alias Cuco Romero, interno en la habitación 301 de este hospital psiquiátrico de Granada, dice que el difunto Francisco Antolín Sedano tenía contacto con un sobrino suyo y una legión de ángeles, sólo los fines de semana. Al sobrino le escribía, al parecer, en un idioma de cuervos.» Resopló cuando cerró el sobre, que abandonó sobre la mesa, junto a su bolso.

Se tomó una aspirina. Sentía demasiadas náuseas los últimos días. De aquella noche de sábado no pasaría fijar la fecha de la boda: a punto de comenzar la Semana Santa, Sebastián se perdería en una marea de incienso, saetas, capuchones y discusiones eternas sobre los varales de un paso de Virgen. Lo había citado en aquella taberna de la calle Elvira donde podrían hablar con tranquilidad. Las tapas de salchichón y chorizo eran del gusto de Sebastián, las fajitas de ternera entusiasmaban a Sacramento. Si la cosa se alargaba y ningún amigote semanasantero se lo impedía, sería en el pub de Manolito Aguilar donde se lo soltaría: dos meses de plazo, suficiente para no levantar sospechas. O hablaría con su padre, quien lo pondría firme.

Ordenó los papeles postergados: expedientes y recetas, la solicitud para el MIR casi desechada, una carta sin enviar para su tío Norberto. Cuando hubo terminado —y los papeles reposaban sobre la mesa, unos al bies de otros, por montoncitos— se levantó con cansancio, se deshizo de la bata y, en traje de calle y bolso en bandolera, atravesó con paso fatigado los largos pasillos de la tercera planta, camino del despacho de Sebastián a cerrar definitivamente la cita.

Fuera el sol resplandecía con la flojera de abril, los azulejos del zócalo, que seguían cenefas evocadoras de la escritura cúfica de la Alhambra, reflejaban un azul cobalto, pesado y brillante a la vez. Los anchos pasillos le recordaban la casa familiar de Sevilla, con patio de baldosines, humedad y una fuente con una rana verde surtiendo un chorrito fresco y cantarín. Acarició como de costumbre el azulejo que daba paso a la escalera de bajada cuando le pareció verse reflejada a la vuelta de la esquina.

Sebastián no estaba en su despacho. Había salido, le dijo la secretaria, mujer leal fuera de horario, para no perderse la Novena del Cristo de la Sangre. Sacramento se dio cuenta entonces de que había olvidado el breve informe sobre el psicótico Cuco Romero. Volvió a su despacho.

De allí, hubo quien dijo que no salió jamás, pero poco

tiempo después la doctora cerró la puerta que daba acceso al patio, donde aún un contorno de cal indicaba el lugar del abrupto desplome de Francisco Antolín, y camino de la salida saludó con una ancha sonrisa forzada al vigilante de la puerta. En la carretera tomó el autobús. Y cuando ya estaba fuera del centro pasó lo que pasó, al menos eso dijo el vigilante.

6

—No llega usted en el mejor de los momentos —dijo constipada, pero acentuando las eses, la secretaria de Sebastián Aragón Villegas a Matías Verdón.

—Pues tenemos cita —terció la voz gangosa de Desastres—, mi tío ha muerto y esto hay que aclararlo. Sea o no sea sábado. Y aquí este señor, que es detective, se encarga del caso.

—Pero es que hay más detectives y más muertos... —La secretaria se secaba los mocos de la nariz con un pañuelito de papel y echaba mano al colorete para disimular las bolsas de los ojos.

—¿Y usted nos puede decir qué muertos y qué detectives hay de más? —Verdón apreció que no era un resfriado primaveral, ni una alergia, la que mantenía a la secretaria con la nariz gacha.

—Por los detectives, el señor policía del otro día que está dentro. Y por los muertos, la pobre doctora García... Esta misma tarde. Dios la ampare.

—¿Y por eso no podemos ver al jefe de los doctores? —Desastres no contenía la rabia en su cuerpo pequeño—. Mi tío ha muerto malamente y vamos a resolver este asunto, pero ya. A mí la doctora esa me da igual. Esto es un contubernio. Aquí sólo hay matasanos y asesinos.

El llanto de la secretaria, que aumentaba conforme Desastres levantaba la voz, se vio amortiguado con la apertura de la puerta del despacho del gerente. Apareció la cara desagradable del subinspector Domínguez. Matías Verdón compuso una sonrisa de circunstancias.

—Aquí está el puñetero gordo, doctor —dijo mirando de soslayo hacia el interior del despacho, donde un gerente Sebastián de ojos hundidos era incapaz de levantarse para acompañar al policía a la puerta—. ¿Qué? ¿Dando por culo, Verdón? Ahora os vais a ir y me dejáis a este hombre en paz. Le han matado a la novia. Y no os quiero ver deambulando por los pasillos. Y lo de tu familiar, óyeme tú, mediopolvo —dijo perforando a Desastres con la mirada—, es agua pasada. Estaba loco. Y se tiró porque le salió de los huevos. Así que viento fresco... ¡Machuca!

Apareció Machuca, la esquina contraria de Domínguez, un chaval de los de la policía demócrata, especialista en encontrarle a Domínguez el menor gesto inconstitucional para mirarle por encima del hombro. Machuca era una verruga imprescindible en el estrecho armazón peludo del subinspector, un contrapeso impuesto por el capricho del comisario-jefe, un vigilante para los imprevisibles movimientos del policía más facha. A ojos de Domínguez era una mosca cojonera, un dechado de ineptitud en un interrogatorio, un ejemplar que se empeñaba en distinguir una buena ostia de una buena pregunta. Un moderno, en definitiva. Machuca sacó la cabeza por el quicio del despacho.

—Te vas a llevar de aquí a estos caballeros. Que ya tenemos bastante para que nos lleguen castrojos del Zaidín a husmear entre locos. Loco sobre loco, y locos ya tenemos bastantes —dijo Domínguez con mala leche.

Machuca anunció una sonrisa forzada y miró condescendiente a Verdón.

—Hala, Matías —dijo tomándolo del brazo—, no es el mejor de los momentos —dijo como un eco tardío de las palabras de la secretaria.

Ni Verdón ni Desastres dijeron nada. Andaban como anonadados. Con la sensación de haber interrumpido un entierro armados de charanga y pandereta. Matías Verdón hizo la pregunta precisa a Machuca, buscando confianza con la introducción adecuada:

—Está Domínguez que quema... Dicen que ha vuelto al 103 a pesar de la viuda. Buena nos espera... ¿Vuelve a oler como antes? ¿Se está dejando la barba o lo ha abandonado el desodorante? Lo que te faltaba, Machuca, el compañero empiporrado y sin nadie que lo vigile... ¿Qué ha pasado, coño? Veníamos para volver a hablar con el gerente: el tío del Desastres se ha tirado desde el tejado, todos dicen que es suicidio, pero a nosotros nos huele a poca atención. Pero ¿qué pasa?

—Que va a ser mejor que os vayáis —dijo Machuca volviendo a su condescendencia impertérrita. Hoy a medias: porque Verdón no le caía mal, más bien al contrario. El detective gordo era un antiguo compañero de farras del cabrón de Domínguez, y que sabía ponerle en su sitio. Además, en alguna ocasión había conseguido adelantársele en algún caso de homicidio, dejando al subinspector en el más absoluto de los ridículos para regusto de la minoría joven de la comisaría—. Ya te enterarás, Verdón. Han matado a una doctora y estamos como locos, buscando quién ha podido ser. Aunque el gerente, para mí, tiene todos los números. Una coartada blanda. Y, si vienes por eso, lo del familiar de tu colega está archivado. Los expedientes dicen que se colocaba en el tejado día tras otro. Algún día se tenía que caer, ¿qué querías? ¿Un celador con una correa, sujetándolo como si fuera un perrito? Lo de la doctora es más serio. Y ahí va a ser mejor que no metas las narices, porque no es asunto tuyo. Hala, al barrio, a ponerse hasta las cachas en el bar y a no meterse en cosas de profesionales.

Verdón y Desastres se encontraban en el patio de salida. El sol de primavera declinaba, aun así, el detective comprobó que le sobraba la cazadora.

—De aquí no nos vamos sin saber más de lo de tu tío, no te preocupes, Desastres.

Cuando Machuca hubo entrado de nuevo en el edificio, se hicieron los entretenidos en el tablón de anuncios.

—Y conste que lo hacemos por ser tu tío, porque esto se hace con un abogado, Desastres, no con un detective.

—Tú investiga. Mi tío Paco no se tiró así porque sí. De seguro. Vale que estaba loco, que me mandaba cartas con dibujitos que no entiendo qué querían decir, como las escrituras esas de los egipcios... Pero aun siendo que un loco va y se tira, a saber por qué, vamos a ver: ¿qué hace esta gente, los médicos esos? ¿Es que no podían tenerlo encerrado en su habitación? Viendo la tele, yo qué sé, haciendo calceta, cualquier otra cosa que hagan los locos: mirando al techo, meneándosela... Pero, hombre, dejarlo ahí, a la intemperie, en lo alto de un tejado, ostia, para haberse matado.

—Tú déjame a mí. Vete al bar de allí enfrente, el del toldo naranja. En unos minutos estoy contigo. —Empujó a Desastres, que murmuraba algo acerca del sistema sanitario, y se dirigió resuelto al vigilante de la puerta.

—A las buenas —dijo Verdón con la cazadora al fin entre los brazos: unas redondas manchas de sudor le adornaban las axilas.

El guarda dejó a un lado el cuaderno de crucigramas y autodefinidos y se ajustó la colilla con los labios.

—Las tenga usted —dijo observando meticuloso el cuerpo de aquel gordinflón, sin saber si se trataba de una visita o de un nuevo interno.

—Matías Verdón, detective privado. —Extendió su tarjeta de presentación, también sudada.

—Detective... —El guardia cató la palabra mirando con recelo la tarjeta y puso su mano derecha en la porra—. ¿Y si es detective por qué no habla usted con los jefes del centro? Si es que viene a preguntar algo...

—Ya ve usted cómo está la cosa —dijo Verdón, dramatizando con las manos el ajetreo que debía soportar aquel edificio—. No tienen tiempo. Dos muertos. Un follón, ¿no?

—Ni que lo diga. —El guardia acarició la porra con la mano y se apoyó en el mostrador de la garita. Bajó la guardia—. Menudo revuelo, primero lo del loco volador y ahora lo de la Doctora García.

—A eso voy yo, a lo del volador. ¿Estaba usted de guardia en la hora del desgraciado accidente?

—En el del loco aquí estaba yo, sí señor. Que cuando llegó al suelo ya estaba yo en mitad del patio. No como don Sebastián y esos estudiantes pringados, que ni movieron un dedo, y alguno estaría cagado.

—¿Don Sebastián el gerente?

—No, el padre. El que manda: don Sebastián Aragón Acosta. Viene por aquí con sus alumnos de la Universidad. Da las clases por el patio y los pasillos, mirando los locos, como si estuviese en un zoológico. Y el loco volador era su favorito. Todo el paseo lo montaba según la hora en que el desgraciado salía al tejado.

—¿Y no hicieron nada el tal don Sebastián ni los estudiantes? —Verdón anotaba con garrafal caligrafía notas en el reverso de un tique de supermercado—. ¿Y dice usted que siempre venía a verlo? ¿Y nadie hacía nunca nada? ¿Lo dejaban allí arriba, a ver cuándo caía?

—Ya le digo que es como venir a un zoológico. ¿Qué iba a enseñar? Pues al loco volador. Y hacer, lo que se dice hacer, no hacían nada. Yo llevaba tres años viéndolo ahí arriba, parecía una estatua. Y no se cayó, porque manejo al tejado le tenía. Ni le empujaron, ni nada de eso. Se tiró, de seguro, porque estaba convencido de que hablaba con ángeles. —Entonces empezó a susurrar el vigilante—. Me lo ha dicho Cuco Romero, un pirado que siempre lo acompañaba y está obsesionado con las dentaduras de los demás, quizá porque no tiene dientes.

—Total, que nadie hacía nada porque ese pobre desgraciado bajase del tejado... —Verdón hizo ademán de retirarse y dar las gracias.

—Pero oiga, si usted es detective privado, ¿qué le va en lo del loco volador? Eso es sólo uno menos, algún día tenía que caerse... ¿No le interesa más lo de la doctora?

—Es que eso no me lo han encargado —dijo Verdón con modestia.

—Pues eso sí que parece de película. Le juro a usted que salió a las cinco. Y cogió un autobús ahí enfrente, y aun así, fíjese, para cagarse: resulta que estaba dentro muerta, y le juro por mis muertos que llevaba tiempo muerta. De película, lo que yo le digo.

—¿Se lo ha dicho a la policía? —Verdón empezaba a paladear una buena historia.

7

Matías Verdón, por quinta vez en dos meses recibió una llamada de Marga. Su hija, desvelada, solicitaba de nuevo que el padre viajase a Úbeda. «Mamá está mal, desde que murió la abuela, mamá está muy mal.»

Mamá, que se llamaba Rita en sus años mozos, había abandonado hacía seis años el hogar conyugal de Concha Espina, 5. Verdón entonces se refugió en una vida de marido abandonado, parecida a la de un soltero sin ventajas, con hijos casados, y pendiente de Matiillas, un nieto que apuntaba maneras como interior en los benjamines del Granada CF. El Jesu, el padre del futuro futbolista, le había anunciado el nuevo embarazo de Esperanza, su única nuera, a quien Verdón consideraba idiota.

Seis años de hacerse la compra y conocer, al fin, los misterios de la lavadora le habían convertido en un individuo taciturno, emancipado, con la apariencia de estar despojado de las más naturales necesidades que conlleva el matrimonio. «Mamá quiere verte, pero no sabe cómo decírtelo.» Las palabras de Marga retumbaban. Se hacía la cama cada tres días, se duchaba martes y viernes, a veces visitaba a alguna chica discreta de la calle San Juan, con regularidad acudía al carnicero, casi cuidaba su dieta y el médico de cabecera no tenía queja por el momento. Era menos infeliz. «Papá, tienes que ir a ver a mamá, por favor.»

Hizo oídos sordos a la solicitud por quinta vez en dos meses. «Tu madre ya sabe dónde estoy, no fui yo quien se largó de casa. Y a ver si se acuerda de que tiene un nieto.» Ni siquiera le generaba tristeza. Un sábado por la mañana viendo a Matiillas corriendo banda de la pista polideportiva, le bastaba para saber que sus castas estaban aseguradas. Antes que detective fue fontanero llevado a la ruina por mala cabeza, y mucho antes hijo del rojo del barrio, de un borracho que gritaba, cuando reventaban las acequias para inundar las calles, que se cagaba en todos los curas, en los muertos del Caudillo y presumía en las tabernas de ser el único de su calle que no acudió a la recepción que el barrio rindió en honor de doña Carmen Polo en su inauguración.

Su padre el inoportuno, el que desaparecía por arte de birlibirloque unos días cada vez que alguien venido del Gobierno de Madrid visitaba la ciudad, tenía al fin una descendencia digna: un bisnieto que llevaría sin duda el número 8 de la elástica rojiblanca del Granada CF. Siempre con más aguardiente de la cuenta en el cuerpo, su padre le confesaba, a Matías Verdón crío, que si no mataba al dictador era por él y por su hermana pues quedarían huérfanos de un padre, héroe, pero huérfanos. Aunque de algo estaba seguro: en el futuro le levantarían en la plaza del Caudillo un monumento, con una bomba bajo el brazo. Pero que no lo haría jamás por no dejar al niño regordete sin padre en aquel barrio de mala vida que tan poco importaba al Ayuntamiento que no tuviese luz eléctrica ni un alcantarillado decente en sus calles. El orgullo de la familia, pasado el tiempo, quedaba ahora en un gol por la escuadra más que en un atentado contra el dictador.

Pasado ese tiempo del hambre y la posguerra, llegada la Constitución y los Ayuntamientos, aumentadas las herencias y la estabilidad de los hijos, las hipotecas y los pagos aplazados, Matías Verdón sonreía a la figura del padre, cada vez más difusa, y pretendía olvidar el escurridizo recuerdo de Rita, la mujer del abandono, aquella que le dejó por un señor con perilla que debía de ser concejal de cultura en un pueblo de Jaén, con aquella excusa de cuidar a una madre borracha, su suegra, enganchada al bingo y el sol y sombra. Esa suegra muerta.

«Marga, no lo digo más. Tu madre sabe dónde estoy y adónde voy. Preferiría que quien no lo supiese fuera el gilipollas de tu marido. Dile que pague sus cuentas. Me deja enganchados sus vinos en el Gabriel, y estoy hasta los huevos de pagarle los convites.» Verdón colgó el teléfono con parsimonia y se dispuso a prepararse unas patatas fritas con huevo. El teléfono volvió a sonar. La cosa estaba excediéndose: no permitiría más insistencia de su hija, ni transigiría en hacer la vista gorda y pagar, como cabrón, las cuentas pendientes por los bares al inútil de su yerno.

Contestó con mala leche. Agrio. Le salió un: «Ni una más.»

—Una extraña manera de contestar a un cliente —dijo una voz remilgada al otro lado del teléfono.

—¿Perdón?

—¿El señor Matías Verdón? Soy Sebastián Aragón Villegas, me recuerda...

Verdón barajó sus pocas cartas. El gerente del psiquiátrico le llamaba a su casa. La pobre tarjeta de presentación que dejó en la mesa del despacho servía de algo. Felicitaría a Bernardo por la insistencia en que se hiciese aquellas cartulinitas con letra de molde.

—Necesito hablar con usted. No, no es del tema del señor Antolín. Es del otro asunto. Es por la doctora García.

No esperó a almorzar. En cinco minutos estaba en la parada del 4 esperando el autobús. Desmadejaba distintas oportunidades. Su olfato de perro viejo le anunciaba un suculento encargo. Las desgracias de Desastres, con un tío volador muerto, le habían conducido a un caso mayor. El vigilante lo había dicho: «Eso sí que parece de película.» Repasó el tique donde anotó las declaraciones del vigilante: «Salió, tomó el autobús y estaba dentro del manicomio, muerta.» Tenía una buena mano.

Por un momento, cuando el autobús atravesaba lentamente el atorado Camino de Ronda, se sintió un verídico detective de película y echó de más la pobre cazadora azul marino que le vestía. Una gabardina: le faltaba una gabardina. Imaginó que la muerta no muerta se sentó en el mismo asiento en el que él reposaba su grueso trasero, el pantalón de tergal sudado, con las costuras por estallar. Miró con atención el asiento contiguo, escrutando algún detalle, mirando después a una cámara de cine imaginaria colocada en la puerta de salida. Guiñando. Y fue a guiñar a una señora, de al menos sesenta, que no se bajó del autobús. Error. Había ligado, y no quería.

8

Sebastián Aragón Villegas no era el gallito que le había recibido días atrás. Su secretaria seguía sorbiendo mocos entre lágrimas, tristeza o algún resfriado primaveral cierto. Sentado ante una suntuosa mesa donde figuraba la pantalla de un ordenador como altar de oficiante, rogó al detective que tomase asiento. A la izquierda del gerente estaba sentado el padre, o cabría decir que Sebastián el gerente se sentaba a la derecha del padre. El tipo no pudo abrir la boca. Hizo un ademán, un minúsculo intento que el vozarrón de Sebastián Aragón sénior borró sin esfuerzo:

—La policía está para lo que está, aunque ya no sea lo que era, y si ustedes existen, señores detectives, es porque las carencias del sistema lo permiten. Digamos que son ustedes esparadrapo. En mala hora, pero esparadrapo, y cuando hay que echar mano del esparadrapo, se echa mano, ¿me entiende? Los considero a ustedes un recurso ante el aluvión de trabajo que tienen los escasos cuadros policiales. Solucionará el problema, porque para eso se le contrata y en ello le va el sueldo. No, no podemos permitir que entren impunemente y asesinen cruelmente a una de nuestras mejores profesionales, que para más inri era mi futura nuera. Y la policía, señor mío, no hará nada o lo hará tarde. Usted tendrá exclusiva en el caso, dedicación plena. Necesitamos una respuesta. Y la respuesta tiene que estar aquí dentro. Por eso está usted aquí. ¿Hablo claro?

Verdón puso cara de esparadrapo. Parecía un discurso como otro cualquiera, en el barrio se lo echaban con más gracia pero era la misma cuestión de fondo: el detective es una rata de basura que aparece donde no llega el madero. Y llega antes. Aquello del esparadrapo, luego se lo diría a Desastres, le había provocado a la vez orgullo y resquemor: no sabía si el esparadrapo era algo positivo.

Calló con atención, como siempre hacía en semejantes situaciones, cuando los clientes recurrían a él y temían mancharse las manos de mierda. Hacía mucho tiempo que no optaba por defender la profesión o tranquilizar al cliente. Al fin y al cabo, si él estaba en aquel despacho era porque le necesitaban. Todo lo demás lo mismo daba: el estado moral del cliente, sus prejuicios o su consideración de esparadrapo.

—Mi padre quiere decir que no vemos que la policía vaya a hacer grandes progresos... —dijo el gerente timorato.

—No dudamos de la policía, señor detective —intervino de nuevo el padre, que no reculaba, con tal de mantener la rienda del sermón—. Pero vamos al ajo. Han matado impunemente a una de nuestras trabajadoras, y yo, como máximo representante de esta Institución, he decidido tomar cartas en el asunto. Queremos saber quién ha matado a la doctora Sacramento García, y para ello pondremos a su disposición los medios que solicite. Lo que haga falta, no le digo más.

—Mi padre quiere decir que no se trata de una cuestión personal, sino que el propio psiquiátrico quiere resolver el asunto...

—Sebas, hijo, tu padre sabe muy bien qué quiere decir —susurró Sebastián Aragón a su hijo gerente—. Anda, dile a Antoñita que te dé la chequera, este señor necesitará para sus gastos. Porque acepta, ¿verdad?

—Acepto todo, cheques también. —Abrió Verdón por primera vez la boca, regodeándose en el asiento de cuero mientras el botarate del gerente abandonaba el despacho en busca del talonario.

—Ahora que mi hijo no está —dijo Sebastián Aragón en cuanto el gerente desapareció por la puerta—, le confesaré algo: no haga caso al discurso de lo dicho. —Guiñó un ojo malamente—. Usted me entiende. En cuanto ha entrado por la puerta reconozco a un bebedor de Jack Daniel's. Soy un gran fisonomista, muchos años trajinando con la especie humana. Me basta ver a un ejemplar para saber sus más mínimos detalles... Mi futura nuera ha muerto, es cierto, y me duele. Pero no me descuide usted todos los detalles que adquiera sobre la vida de mi hijo. Porque le contrato yo: usted me entiende. No haga ascos a lo que pueda encontrar en la vida privada de mi hijo. Pero el objetivo es doble, ¿entiende? Él, que es bastante cándido, le dará todos los detalles sobre su relación con Sacramento. Los detalles que quiera darle, lógico, pero usted atento a sus silencios, los vacíos estructurales, lagunas, señales, etcétera, etcétera. Rastros que usted sabrá discernir... Yo quiero saber de todo. Usted me vendrá a ver mañana lunes a la Facultad. —Le extendió una tarjeta, de mucha más calidad que la suya—. Allí le daré más detalles y un copazo de Jack Daniel's. Yo dirijo la operación, Verdón. Yo soy el cerebro. Mi nuera era encantadora. Y quiero saber si mi hijo tiene que ver en todo esto.

No pongo la mano en el fuego para defender su inocencia. Podría ser sospechoso.

Sebastián hijo pidió respetuosamente permiso para entrar en su propio despacho, volvía con la chequera y se la alargó al padre.

—¿Doscientas cincuenta mil para empezar, señor Verdón? —dijo Sebastián Aragón escribiendo la cantidad con letra de garrapata en el talón. A Verdón casi se le atraganta la saliva. Asintió en silencio—. Firma, Sebas —ordenó el padre al gerente, y pareció que la mano del padre era el cuerpo del hijo.

9

Verdón había pedido una ración de calamares. Desastres medio se santiguó y tomó uno de aquellos racimos de rabos, requemados en la freidora de Bernardo. Era ya un hombre que sólo pensaba en el ascenso de su equipo del corazón: porque el puesto de trabajo renqueaba y él ya casi no aparecía; porque un cartero viejo es un caballo vencido; porque su amigo del alma, el que se encargaría de vengar la muerte del tío Paco, se había vendido por un cheque.

—Te has vendido —dijo Desastres con una anilla de calamar haciendo hulahop en un diente.

—Me han contratado, Desastres, que no es lo mismo. Con todo respeto a tu tío: esto es jugar la Copa de Europa, y por ahora tú sólo me has ofrecido un contrato de tercera división. Y tú vas a pillar del tema, tranquilo —respondió el detective con calma.

—Te has vendido, traidor, y me vas a dejar el culo de mi tío al aire: como no hay pasta no te interesa.

—No te encabezones, Desastres. A ti la muerte de tu tío te importa un carajo —remarcó Verdón el sustantivo—. Hemos tenido suerte, una casualidad bendita que se trate del mismo médico, que estaba en el momento justo que tu tío se pegó el jarmazo, y además es quien suelta la mosca.

El Desastres miraba con tristeza y la cara de querer, pero no creerlo del todo.

—A ti te interesan los billetes —dijo el Desastres antiguo, el que vino del pueblo a desconfiar de aquellos individuos de la ciudad que se daban aires.

Arrastraba Desastres a diario la tristeza por el bar Gabriel y ahora se asomaba a la mala leche que le afloraba en la media docena de vinos. Estaban en el quinto moscatel, a un paso del precipicio de agravios y escarnios que terminarían por ser (quizás en el décimo lingotazo) una jauría de lagrimoteo y sollozos de borrachín, que reclamaría brandy para rebajar la tristeza y tomar el impulso necesario que lleva a olvidarse de uno mismo.

—A ti lo que te interesa es pillar dinero del seguro de vida de tu tío, Desastres, no me jodas. El tío Paco, el de los pájaros y los angelicos te importaba un comino. Lo sabes. Y no me toques los huevos. Mira qué dice aquí, en el cheque: doscientas cincuenta mil pesetas. Repito: doscientas cincuenta mil pesetas. No he visto tanto número junto desde que vendí el negocio de fontanería que me dejó mi suegro. No me mires así. Tú vas a pillar, todos los ayudantes cobran cuando el jefe cobra. No serán los millonetis que te esperabas del seguro, pero si han apoquinado esta cantidad por empezar en el tema, te diré, ¿qué no será capaz de darme el tal don Sebastián Aragón de los cojones?

—Si yo no digo nada —masculló el Desastres, como pillado en falta y viendo al menos un número de cuatro cifras, derivado del talón, en su bolsillo—. Es que la gente con dinero, la que suelta tanto dinero, me parece que no es de fiar.

—Pero sí te fías de los de los seguros, que son de los que tú quieres trincar. —Verdón se giró y buscó a Bernardo, el camarero, con la ligereza y confianza que da sentirse en casa—. Me vas a poner un Jack Daniel's, que me han dicho que tengo cara de beberlo.

—Nos ha salido adinerado el detective —gritó Bernardo—. Pero que si pagas lo que debes, esta noche puedo hacer feliz hasta a mi mujer.

—Porque no has visto lo que tengo aquí —dijo Verdón, en voz baja, acariciando el cheque cuando la mísera vista de Bernardo pudo alcanzar a ver la cantidad escrita.

Silbó el barman. Echó un chorro más que generoso en un vaso de tubo, de aquella botella que nadie utilizaba, y la mirada del detective le indicó que debía hacer lo mismo para el escuchimizado acompañante, el Desastres, el que estaba a punto de llorar, sin saber si era de alegría por el cheque, o de pena, por la última derrota del Granada y la derrota de toda su vida.

Apuraron el primer sorbo del licor y no se dieron la enhorabuena:

—Ya verás que tampoco es para tanto —dijo Verdón. Y enfiló poner al tanto a su ayudante de las pesquisas de aquella mañana—. El tal Sebastián Aragón, el que se quedó de piedra cuando el tío Paco se dio la piña, es padre del gerente: el poca cosa que nos atendió el primer día. El mismo de la secretaria que lloraba y venga a llorar cuando llegamos la otra vez. El don Sebastián padre hace y deshace. Es profesor de la universidad pero como si el manicomio fuese suyo. El niño, el gerente, es una marioneta... Y cuando parecía que me encargaba investigar solamente la muerte de su nuera, da una revoletá y me despista. Es decir, Desastres, para que te aclares: que cuando parecía que me encasquetaban el asunto de la nuera me repite el tío esta mañana, porque me ha citado en secreto esta mañana, que a quien hay que investigar, también, es al niño. Chúpate ésa. Porque no se fía un pelo de él. Y que todo esto, por supuesto, no puede soltárselo a la policía. Hay pastel. No me preguntes por qué me citó ayer con el gerente y hoy sin el gerente, porque yo creo que se le ocurriría sobre la marcha. Y sobre la marcha, esta mañana, no eran ni las once, me ha puesto un copazo de esto, del Jack Daniel's este de los huevos, que vale que es mejor que el segoviano, pero tampoco para hacer palmas. ¿No crees?

Desastres chupaba el vaso. No había dejado ni gota. Y miraba a Verdón pidiendo permiso, esperando que ordenase volver a llenar los vasos. Con una mueca dio su consentimiento el detective, con posdata:

—Pero ahora segoviano, Bernardo, que se nos aficiona y nos va a costar un cojón calar en esta esponja.

Al Desastres el tema ya le daba igual. Su tío Paco, enterrado muerto o en vida —como siempre estuvo para el sobrino—, era harina de otro costal. Así daba anuencia al tema de la doctora, y antes que entrar en el lloriqueo correspondiente al nivel de alcohol, se le hinchó el pecho y recuperó la color que le daba sentirse en el corazón de un caso del amigo: como mano derecha, imprescindible, espoleta, rompiente del barco.

—Ya me dirás qué hay que hacer —dijo solícito a Verdón, mostrando que estaba en el ajo, que ya nadie le bajaba de la burra de saber de la doctora aquella.

—Por lo pronto una concienzuda investigación en el manicomio mismo. Mañana empezamos, hoy me ha dado el gerente un listado de los internos que la doctora tenía en tratamiento. Pero esta noche, nos fijaremos en el chaval. Le va la Semana Santa. Estamos a lunes santo. ¿Quién procesiona hoy?

—Salen los Dolores, el Huerto, los Remedios, y el Señor de Granada, el Rescate. Y la de la Luz, la cofradía de Domínguez.

—Eres la enciclopedia de la Semana Santa, Desastres —dijo Verdón con alegría sincera—. Y estamos de suerte. El sujeto es de los Remedios. Eso me ha dicho con la cara iluminada, por soplapollas. Ni con la novia aún caliente en el depósito se pierde la penitencia. Algo tendrá que purgar. Y entre tanto nos pasamos por la casa de la muerta. Le he sacado las llaves de la casa de la muerta al padre. Dice que las tenía por cuestión de familia. «Ya, ya», le he dicho yo. Faltaba más. Bernardo, llena, otros dos de los danieles esos.

10

Desastres andaba coleando. Parecía arrastrar una enorme cola de cocodrilo que le impedía mantener la vertical. Era propio de las ocho de la tarde, cuando a punto estaba de iniciarse el retorno del licor espirituoso al moscatel, una rebaja de alcohol desde el que seguir viviendo y tirando. Habían dejado atrás el barrio y paseaban por el centro de la ciudad. La multitud hacía más estrechas las calles. Esperaban el paso de las imágenes sacras de cristos crucificados y vírgenes llorosas. Globos tornasolados que vendía un manco ensimismaban a los niños. Manzanas coloradas de caramelo, rajas de coco fresco y chufas adornaban los carros de los vendedores de golosinas. Olía a incienso y ropa extraída del alcanfor.

A lo lejos se oían tambores y cornetas. Verdón y su acompañante enfilaron la calle Reyes Católicos sin facilidades. Grupos de gente que cerraban las calles adyacentes, murallas humanas, impedían cruzar la Gran Vía. A empujones, consiguieron irritar a los devotos y los curiosos. Como dos turistas despistados andaban por medio de los penitentes, mientras los niños más osados se afanaban en recoger goterones de las velas que portaban los encapuchados, haciendo grandes bolas cerúleas. Un mayordomo, con capa negra, casulla azul y fajín naranja, les dio con su báculo en la espalda. Se acercó con la mano izquierda libre presionando la parte baja de la caperuza, hacia el pecho, para hablar con más claridad:

—Se me quitan de en medio que viene Nuestro Señor. —Repararon que llevaban buen rato incrustados en el paseo procesional. Estaban acompañando, como piadosos, en el lugar equivocado—. Si quieren seguir la procesión se van ustedes atrás, detrás de la Virgen, como todo el mundo que hace promesa —remató el enmascarado.

Empujaron para adentrarse más allá del tabique de espectadores. Habían conseguido acceder a la calle paralela, donde el eco de la banda de música y el ajetreo en los bares de las calles transversales les aseguraba la cercanía de otra cofradía en procesión.

Verdón y Desastres iban en dirección contraria al cortejo, hacia el Arco de Elvira. Pasaron por la trasera del Banco de España. En la calle perpendicular pudieron ver la cola de la procesión, señoras fervorosas con rosarios en la mano, estudiantes en débito de algún favor divino, enfermos salvados in extremis por algún escapulario consagrado y chicas marcadas por mal de amores, seguían el manto rojo sangre de una Dolorosa.

Por allí ya no había casi nadie, como si hubiesen roto el cerco, la calle parecía de otra semana. En el número 3 de la calle Cedrán sacó Verdón las llaves. La casa era estrecha, con una alta puerta de madera. Parecía que tuviesen que entrar de lado. Encontraron la luz del portal dando un traspiés. El interruptor, de pellizco, iluminó un zaguán sombrío, con profundo olor a madera húmeda, podrida. Ascendieron una escalera con barandilla de pino, demasiado fina para soportar el peso de Matías Verdón. No había ascensor: porque no había lugar para ascensor. Los rellanos eran una expresión mínima de espacio, escasamente suficientes para alojar el quicio de una puerta, un piso por planta. En la tercera, cuando volvieron a encender la luz, que les dejó a oscuras en el trance de subir el último tramo de escaleras, sacó la última llave el detective y entraron en un, sorprendente, espacioso vestíbulo.

Iluminaron todas las habitaciones: un salón decorado con motivos árabes, lámparas de cuero, alfombras y varios puf, y mesas bajas de taracea; un dormitorio austero con una cama de matrimonio y una cómoda con las patas cortadas donde se alineaban frascos de colonia, quemadores de perfumes y varios paquetes de sándalo; y la cocina, donde no había entrado aún el afán de la decoradora: los muebles antiguos y descascarillados así lo aseguraban. Desastres estuvo un buen rato en el cuarto de baño mientras Verdón paseaba por delante de las estanterías, miraba los lomos de los libros de estudio, manuales de trastornos de la personalidad, revistas de decoración primorosamente ordenadas, pequeños cuencos de cerámica con mínimos objetos inútiles (aretes, tiques, cargos y abonos del banco, pilas gastadas, algún tornillo), una minicadena y un pequeño aparato de televisión.

—Mira, una foto del pájaro viejo —dijo Matías Verdón. Don Sebastián Aragón padre sonreía a la cámara con el Teide al fondo—. Y no se ve ninguna del pajarillo, el gerente.

—De ése hay una pequeñita. —Desastres se intentaba ajustar el cinturón, se remetía la camisa de mala manera, con la cara empapada de agua—. Como para hacerse un carné.

Encima de la mesa de taracea, un juego de té. Y junto

a él otra fotografía. La cara sonriente de Sacramento denotaba, contradictoriamente, una tristeza infinita. Se balanceaba en un columpio elegante bajo una pérgola de hierro labrada. Al lado de la foto, un test de embarazo usado.

—Busca las instrucciones de este aparatejo, Desastres. No sé si dos rayitas es que sí o es que no. La cosa puede tener más desgracia.

Desastres localizó antes una botella de vino abierta en la cocina que las instrucciones y se sirvió un trago. Cuando se sentó en el sofá intentó poner los pies en alto.

—No veo ningunas instrucciones. Pero esto lo sabe cualquier muchacha. Se pregunta y ya está. Ahora, que aquí sólo hay enmarcadas fotos de tíos mayores —dijo el escuchimizado repantigándose—. Y esto lo hemos visto ya. Tía joven, hombres viejos. Me vas a decir que digo tonterías.

—No dices ninguna tontería —dijo Verdón—. Chica joven, tipos viejos: tres fotos del Sebastián mayor y sólo una foto carné del meapilas del gerente. ¿Nunca han hecho un viaje juntos? Siempre se guarda fotos de los novios, en fiestas, bodas de otros... ¿Y por qué tiene una foto de ella misma? ¿Tú, que vives solo, tienes fotos de ti mismo en casa? Tienes bastante con verte el careto en el espejo cada puta mañana. Nos las llevamos todas, y la agenda, también. Son las once. La cofradía del menda estará enfilando el templo. Andando.

11

En el interior de la iglesia les recibió un cementerio de cirios y velas dando las últimas boqueadas. La Hermandad entera se había recluido en el interior del templo dando por finalizada la estación de penitencia, un año más sin suspensión por lluvia: el más temido de los enemigos. Los penitentes arrancaban el rostro sudado de los capillos y sonreían.

El Desastres no compartía aquel proceso de la comunión: sólo los Hermanos conocían el significado final del día y el Desastres era sólo un pez fuera de río. El significado total consistía en resumir un año entero de labores y esperanzas andando sacrificados unas horas sacando a la Virgen —y Cristo correspondiente— en procesión o a hombros. De debajo del paso salieron los costaleros con las clavículas marcadas por el peso. Tiarrones sudados, que oliesen a santidad para los devotos, y a hombres trajinados para Verdón.

Sebastián Aragón Villegas, ataviado aún con los símbolos del mayordomo, bastón enhiesto rematado en medalla, con el capillo más allá de la frente y una ridícula cinta de goma sujetando el capirote en su frente, departía sonrisas y felicitaciones. Hacia un costalero se fue y le rozó con cariño el trasero. «Mala cosa», susurró Verdón. No reparó el gerente en los dos individuos, que como palos, varaban en la puerta de la iglesia. El detective avanzó entre un griterío respetuoso de felicidad, pidió permiso, forzó el pasillo entre los bancos, y tras él Desastres, cara de agnóstico rijoso, soltando su aliento malamente. Tocó Verdón el hombro del gerente.

—Me va a perdonar, don Sebastián.

El gerente se volvió meneando el capirote de manera ridícula. Tenía ahora la mano sobre el hombro sudoroso del costalero, un mocetón impresionante, primera línea de la parihuela, metro ochenta, ni veinte años. La sonrisa se le desdibujó. Quedó la cara de tonto.

—¿Qué hace usted aquí?

—Creo que no es mal momento. Vengo a hablarle de Sacramento. Ya he estado en el apartamento.

—Pues buen momento no es —dijo el gerente disfrazado de Ku Klux Klan con cucurucho azul en la cabeza—. Vengo rendido. Quizá mañana sea un buen día. ¿Tiene algo que contarme? Mañana en el despacho, en el psiquiátrico sería más adecuado, ¿no cree?

—Yo creo lo que me dicen los clientes —dijo Verdón con seguridad—. Y casi siempre digo lo que necesitan oír. Avanzo en la pesquisa: rindo cuentas. Llevará usted razón: mejor mañana.

—Mejor mañana —respondió el gerente con la cara como la cera de las velas—. Mañana mejor.

Verdón volvió sobre la multitud que llenaba la iglesia: viejas con rosarios, niños penitentes con bocadillos de atún, hermanos mayores con cigarros entre los guantes, mariquitas deseando desvestir la Virgen, mantillas quitándose los zapatos de tacón y mostrando unas hermosas pantorrillas en medias de rejilla. Verdón hizo un gesto a Desastres, que se movía entre el Cuerpo de Camareras, donde casi empezaba a babear y entablar conversación comprometida.

El Cristo del manto azul bordado en oro, sometido a su cruz, miró fijamente al detective. Le pareció que le guiñaba un ojo. Por suerte, un cofrade echó una sábana blanca sobre la figura de madera y apagó los faroles. El ajetreo casi le hace perder de vista al Desastres.

—Que nos vamos. Pero seguimos —dijo Verdón como una orden.

Desastres transigió. Se despidió, con la poca cortesía que permitiese su cultivo, de dos jóvenes mantillas que parecían más vírgenes que la propia Virgen. El fino tejido negro que cubría sus hombros temblaba en la risa: algo dijo el espantajo antes de darse la vuelta, fuera de lugar, impropio.

—Estamos en una iglesia, Desastres, no digas guarrerías a las niñas —aconsejó Verdón con mala cara.

—Guarrerías, guarrerías... Así no se pone una para andar con Dios. Andan provocando. Como el cirio pascual me pongo. Mira qué piernas, Matías. Qué hombricos blanquillos. Para comérselas de tiernas. Y dicen que esto es penitencia. Penitencia la mía, pobrecito Desastres.

12

Verdón se tiró un buen rato en la puerta de la iglesia. Se hacía el torpe, el cofrade perdido, mientras remiraba las fotos que sacó de la casa de la chica y se pasó un buen rato observando detalles de la agenda con tal de no perder tiempo, mientras el Desastres se acomodaba al ambiente festivo. Hubo tiempo para que una cofradía cercana, que pasaba por la misma puerta, cantase tres saetas antes de encerrar a sus titulares, números más abajo, en la Imperial Iglesia de San Matías. El gerente tuvo tiempo de desvestirse y aparecer con una camisa floreada. Cuatro chicos que daban grititos de alegría se le acercaron. Dos hombres bastante más mayores, algo rechonchos y con ademanes suaves se unieron al grupo. Sus voces atronaban agudas en la calle que se vaciaba. Reían sin decoro. Desastres miraba al detective sin comprender por qué se afanaba en una libreta y le miraba con cara de tonto.

—¿Qué dice eso?

—Me parece que va a tener una noche larga con sus amiguitos. Y que la novia ya no le va a rechistar. Nos vamos a acercar al bar de la Trini. Tira.

Las calzadas rebosaban cera y los zapatos de Verdón chirriaban tanto como los primeros vehículos que comenzaban a transitar las calles. Grupos de músicos deambulaban con los instrumentos pochos colgándoles de las manos cansadas, nazarenos reventados volvían a sus casas.

El bar de Trini estaba en la parte alta de la ciudad, camino de la Alhambra. Era un cuchitril adornado con fotografías ajadas de figuras de la copla. Trini juraba que en más de una ocasión Lola Flores durmió en su trastienda, donde por todo mueble existían un jergón y un bidé. Lo aseguraba enseñando la fotografía de La Faraona, firmada con letra temblorosa, casi infantil, agradeciendo a la Trini sus atenciones. Aunque su mayor joya, le dijeron, era una pequeña fotografía en blanco y negro que intentaba demostrar el paso por el bar del mismísimo Jim Morrison. Podía ser Morrison o cualquiera, el humo del tabaco se había impregnado al cristal y no se distinguía el rostro barbudo que ocultaba una poblada melena. Desastres miraba de reojo la trastienda, donde Trini meneaba el culo mientras se afanaba en buscar una mugrienta botella de brandy con que atenderlos.

El local estaba casi vacío. Un mostrador de no más de dos metros, de madera desgastada, con la señal del cuchillo de tanto cortar chorizo serrano, cubría todo el ancho del bar. Dos extranjeros bebían un mejunje parecido al vino fino. La tapa de patatas en alioli con que se acompañaban amenazaba gastroenteritis.

Trini los recibió con cariño y besó a Verdón en un carrillo. Eran dos clientes fiables, de los de toda la vida. El detective no podría calcular cuándo fue la primera vez que pisó aquella tenebrosa habitación. El barecillo ya no se animaba ni en las noches de fin de semana. La mujer, envejecida, percha de lo que fue, la más hermosa del barrio del Realejo, ya no se arrancaba por *La zarzamora* ni *Triniá*. Las figuras del cante, de la copla, del Hollywood español de Almería, las que adornaban las paredes, hacía muchísimos años que ya no enseñaban su jeta hermosa por allí.

La tabernera lo pondría en la pista. Conocía a todo el mundillo del suburbio y la noche luminosa, al cachondeo de toda la vida. Al que se desvivía por vestir santos. Verdón se sacó del bolsillo el fajo de fotografías y sacó la de don Sebastián Aragón, la del Teide como ciclorama.

—Trini, bonita. ¿Te suena este tipo?

Trini dejó la botella pringosa de brandy y se colocó las gafas que le colgaban del cuello. Entrecerró los ojos, sacó la dentadura postiza con la lengua, le dio una vuelta acrobática en la boca y la volvió a encajar en su sitio.

—Pero de hace mucho, Matías, de hace mucho. Un tío con pasta, todo un señor. Algo caradura. Le gustaban las bailaoras y le hizo un bombo a la Fornarina. A la pobre le hicieron un desaguisado que a punto se quedó en el raspado. Cuando joven, era bien aficionado al flamenco, no se perdía una. Pero pegó un buen braguetazo y se desapareció. Emparentó bien en algo de medicinas. Qué mayor está, la virgen...

—Es psiquiatra.

—¿Es que está loco? —Trini apoyó su pecho fofo en la barra.

—No, él hace que los cuida. —Verdón siguió revolviendo en su fajo de fotografías—. Qué memoria tienes, Trinidad. Mejor que los archivos de la policía.

—Ni me los mientes. Me quieren cerrar el local. Cuarenta años sin un problema. Tú me entiendes... los justos, alguna bronca, cuando el vino los pone guerreros. Ni un muerto en cuarenta años y ahora me piden que tenga una licencia de apertura o yo qué sé. Quieren hundir a una vieja. Qué vergüenza. —Trini se puso dramática—. ¿De qué voy a vivir yo, Matías? Oye, algo tendrás que dejar de bote, que mi memoria no es de gratis.

—Claro que sí, bonita. —Le enseñó la foto carné del gerente—. ¿Y éste? ¿Te suena éste?

—Su hijo. Por aquí me han ido cayendo las generaciones, como una saga de los culebrones esos de la tele. Éste salió muy mariquita. Y de esos que se van escondiendo, que los tengo calados. Mira que es buen muchacho, pero cabecita loca. Se me crió aquí, como quien dice, era una criaturita y ya le iba la manteca. Tiene arte imitando a la Sarita Montiel. Muy bien vestido, siempre. Hace tiempo que no me aparece por aquí..., pero es que últimamente casi nadie me aparece por aquí.

—Total, que para qué te voy a preguntar si ha aparecido con novia...

—Si fuese con su maromo y vestido de blanco, no te digo que no.

El Desastres, silencioso, se asomaba por la barra intentando verle las piernas a la Trini. Verdón reparó en lo envejecido que estaba su compañero y buscó su propia imagen en el espejo. Enmarcada por leyendas de bebidas de los años cincuenta, el ennegrecido espejo le devolvió la cara oronda, el bigote mustio, como en un mal sueño. Le chistó al Desastres, que a punto estaba de caer al otro lado de la barra. El viejo, algo avergonzado y frustrado por la larga falda de la dueña, se reincorporó, se sirvió él mismo de la botella y volvió su mirada a las piernas torneadas de la extranjera. Trinidad, siempre al quite, le soltó:

—Desastres, déjame a la clientela tranquila, que me la espantas. Ya te enseño yo luego algo de chicha, so guarro.

—¿Tú sabes interpretar esto, Trini, bonita? —Verdón le enseñó el test de embarazo.

—¿En qué andas metido, bribón?

—No es para mí, Trini, por favor... —Matías soltó una risita forzada.

—Pues, mira, para quien sea, pero que vaya pasándose por el Premamá.

13

A primera hora de la mañana estaban husmeando por el manicomio. Don Sebastián padre debió de dar órdenes terminantes para que los tratasen a cuerpo de rey. Verdón acometió el listado de todos los locos que fueron tratados por la doctora García.

Acamparon en el despacho de la doctora. Por allí pasaron breves entrevistas. Dos internos, que debían de ser mellizos, juraron que la doctora deambulaba por la noche por la quinta planta.

—Muerta y antes que muerta —dijeron al unísono—. Anda con el espíritu de Francisco Antolín y los dientes en la mano.

El Desastres ponía cara de asco y blasfemaba sin parar.

—Yo creo que a la doctora la mató Paco Antolín —dijo una mujer con largas greñas grises—. Yo lo veo todo.

—Pero el señor Antolín murió antes que la doctora... —intentó razonar Verdón ante la cara de sorpresa de la interna.

—Eso lo dice usted, no las cartas. —Y sacó una baraja

de tarot dispuesta a leerle la buenaventura—. Las cartas dicen que Antolín y Cuco Romero mataron a la doctora y le sacaron los dientes. Para hacerse un rosario.

Verdón empapó en un pañuelo el sudor de su frente cuando la tercera entrevista daba inicio. Revisó el listado. Se trataba de Cuco Romero.

—Usted era muy amigo de mi tío —dijo el Desastres con algo de gratitud y mucho de remordimiento.

La calva de Cuco Romero relucía ante la ventana.

—Usted es el sobrino que se quiere quedar con su piso —dijo—. Paco siempre decía que en las cartas que le escribía se cagaba en todos sus muertos.

El Desastres dio un respingo.

—Pero quiero hablarle de la doctora García. —Verdón intentó reconducir la situación—. No estamos aquí por Francisco Antolín, señor Romero.

—¿Usted toma el café solo o cortado? —preguntó el interno con interés.

—Solo.

—Pues usted es tonto: aquí el cortado lleva coñac.

No pudieron avanzar en la conversación. El resto de las entrevistas fue una sucesión de disparates. No era para menos. Cuando bajaron hacia la puerta de entrada, dispuestos a tomar algún tentempié retuvieron al Desastres en la salida. Hubo que convencer al guarda de mañana, un gigante con la cara cortada, de que no se trataba de un enfermo que intentaba huir.

—Déjelo, Martínez. —La voz de don Sebastián Aragón puso firme al guarda—. Vienen a trabajar.

Don Sebastián los acompañó hasta el café, frente al edificio principal, y abrió fuego.

—Yo no desdeñaría que alguno de los internos esté en el asunto.

—Pues va a ser difícil sacar algo en claro —reflexionó Verdón. El Desastres se quitaba el susto del cuerpo con una copa de anís seco—. Pero todos insisten en algo relacionado con los dientes de la doctora García. ¿Nos hemos perdido algo?

—Estarán locos —dijo don Sebastián con media sonrisa—, pero los oídos los tienen finos. Les habrá trascendido las primeras conclusiones de la autopsia. Era palmario que a Sacramento García le arrancaron algunos dientes. Parece obra de algún trastornado, ¿verdad? Y uno lleva todos los números: Pedro Romero, un obseso de las dentaduras.

—Ha sido imposible hablar con él.

—Son locos, Verdón, no lo olvide. Les aviso que se encontrarán con la policía, seguro. El subinspector Domínguez anda por ahí. Llegó hace unos minutos. Espero que no se estorben en las investigaciones. ¿Algo sobre mi hijo?

—Supongo —dijo Verdón con pulcritud—, que lo que usted fantaseaba es una realidad: dudo mucho que su hijo tuviese intención de casarse con la doctora... le gusta más el pelo que la lana, ¿o es al revés?

—Lo sospechaba —dijo Sebastián Aragón sin sorpresa—. Y no sé en qué orden se dice.

—Pero eso no justifica el asesinato de la muchacha, en todo caso podría haber dicho que no quería seguir adelante, y punto.

—No son las cosas tan fáciles, Verdón.

—Si quiere que investigue la implicación de su hijo en el asesinato, para eso exactamente estamos aquí. Pero no sobraría que dijese a la policía que se corroboran sus sospechas. Llegan tarde, es cierto, pero terminan por llegar a las conclusiones. Adelantarles el trabajo no es mala inversión.

—Se trata de mi hijo.

Cuando volvían hacia el edificio el Desastres se hizo el remolón.

—Yo no entro ahí ni harto de vino, Matías. Me quieren encerrado.

El detective hizo un aparte con su acólito.

—Ha sido un error, nadie te va a meter en el manicomio, Desastres.

—Eso lo dices tú. El Romero ese me la tiene jurada. Da tanto canguelo, que como pase una noche, una sola noche aquí, te juro que aparece el fantasma de mi tío, sí o sí, y me rompe los dientes.

Verdón siguió a don Sebastián por los largos pasillos. La secretaria le informó: la policía se dirigía a entrevistar a Cuco Romero.

—No sería mala idea ir hasta allí. Duerme en la habitación de castigo, de siempre. —El psiquiatra lo invitó a acompañarle. Subieron en el ascensor al piso tercero. Al final del pasillo se oían los gritos de Domínguez mezclados con los de Machuca.

—¡No tienes que pegarle, joder! —gritaba Machuca.

—¿Dónde coño están los dientes, majara? —Cuando llegaron a la puerta, don Sebastián corría con la mirada fija en la vena inflada del cuello de Domínguez, que levantaba la mano con ira.

—¡Por favor, subinspector!

Domínguez, a la vista del médico, bajó lentamente la mano. En una esquina, tapándose los oídos, yacía Cuco Romero, hecho un ovillo.

—Está claro que hay que irse a comisaría para sacar algo en claro, Machuca. —Domínguez miró fijamente a don Sebastián Aragón—. ¿Necesito una orden judicial? —La seriedad en el rostro del médico le confirmó la petición.

Machuca persiguió a Domínguez por el pasillo, recriminándole su actitud. El subinspector hacía aspavientos cada vez más vehementes. Ni siquiera había mirado a Verdón. Cuando se hubieron marchado, el detective observó cómo don Sebastián acariciaba la calva poderosa de Cuco Romero. Un enfermero, que aún temblaba, se acercó al interno con una manta.

—Es incapaz de decir nada —dijo el médico dirigiéndose a Verdón—. Usted no necesita orden judicial. Rebusque en la habitación. Llévelo a que me lo seden —ordenó don Sebastián al enfermero señalando el cuerpecillo de Cuco—, que me lo dejen tranquilo. Pobre. Si esos dientes están aquí, no será difícil encontrarlos, detective. Me temo lo peor.

14

La gran casa estaba en las afueras de Sevilla, dentro de un enorme cortijo, de al menos quince hectáreas, rodeado de un muro de sillar coronado por cristales machacados como disuasión efectiva. Pasando la cancela de hierro, donde se leía en letras metálicas CORTIJO DE SAN MARTÍN, se abría a la izquierda una extensa dehesa donde se criaron toros bravos. A la derecha, un camino llevaba hacia la casona, por arriates de madreselvas y margaritas, y se extendía al menos cien metros hasta llegar a una rotonda rodeada de jardines, donde se escondían estatuas de mármol: un Apolo persiguiendo a Dafne, a quien ya le salían ramas de laurel por la entrepierna; un bello cisne que miraba a una hermosa ninfa; Dánae penetrada por el polvo de oro; un enorme toro llevando sobre sí a Europa; y más allá, Calisto, violada por Júpiter, se convertía poco a poco en una osa. «Los brazos empezaron a erizarse de largas cerdas y a curvarse sus manos y a alargarse en prensiles uñas y hacer el papel de patas y la boca, alabada en otro tiempo por Júpiter, se deforma en grandes fauces...» La mujer recordó las palabras de su tío entresacadas de un libro de mitología, las mismas que le asustaban cuando niña en las noches de invierno, mirando la figura de la ninfa recortarse en la fría noche del jardín.

El taxista bajó las maletas, se despidió y arrancó el vehículo. Nadie vigilaba la cancela de entrada, así que tendría el hombre que volver a abrir el portalón para salir de aquel paraíso cerrado. La chica dejó que las maletas se impregnasen del olor de las madreselvas: la tierra estaba algo húmeda, habrían regado hacía poco. Se acercó a la imagen triste de Calisto, que desde niña era la estatua que le había inspirado mayor tristeza: no era comparable al laurel cursi de Dafne, al toro bravío de Europa, al cisne blanco de Leda. Lástima, sus garras de osa podrían haber destruido el cuerpo majestuoso de Júpiter cuando fue violada por el rey de los dioses. Pero la violación siempre sucede antes que las garras.

El aire era profundo. Le traía todo el olor de la pubertad: correrías por la dehesa, escapadas a las fiestas de los pueblos cercanos, cuerpos duros de mayorales, noches de confidencias bajo la silueta de las estatuas. Hacía mucho que no volvía por allí. No se veía a los hombres trajinando en los establos, transportando aperos, descansando a la sombra de los acebuches. Le extrañó la calma: quizás el tío Norberto había abandonado las tierras y no clarearía más el trigo en agosto. No estaría, como recordaba desde pequeña, discutiendo fechas y cosechas con el administrador, ese tipo pretencioso que tenía un despachito que olía a estufa y orines en la calle Sierpes. Habría dado descanso a su vejez, pensó. O se cansó de amasar dinero, de reventar a jornaleros, de maquinar cómo sacar provecho a los destajos, de humillar a los capataces y presumir de toros en la Maestranza. Le venía bien el reposo a su Júpiter particular. Un descanso para el dios de dioses.

Volvió hacia las maletas. Tomó una margarita de uno

de los macizos y recordó que las margaritas no huelen a nada. La deshojó despacio, como hacían cuando eran niñas. Se quedó en un «me quiere» y sonrió tristemente. En el umbral de la puerta apareció la figura pequeña del mayordomo. Vestía una extraña levita naranja que resplandecía en la fachada blanca de la casa, era una figurita de porcelana encuadrada entre dos columnas dóricas de madera vieja y una cinta blanca con un círculo rojo coronaba su cabeza rapada. El mayordomo bajó el cogote con afectación. En cuanto dio una palmada apareció un muchachote tras de sí que se abalanzó torpemente sobre las maletas. Su voz jalaba prisa al chico, pero sus ojos rasgados parecían indicar cierta alegría. La mujer caminó con paso firme hacia la escalinata y la ascendió como recordaba se hacía en las películas antiguas de Hollywood.

—Bienvenida, señorita Sacramento —dijo el mayordomo con deje oriental.

La muchacha se mordió los labios. Casi lloraba. Ojalá fuese cierto el recibimiento.

15

Pepe *el Dientes* no había previsto ningún viaje a Sevilla aquel miércoles. Verdón había decidido que tendrían que ir hasta la capital del Guadalquivir. Así que tuvieron dos opciones a lo largo de la mañana: una, realizar el viaje a Sevilla en la línea regular de autobuses. Otra, alquilar un coche. Pero el viaje... ¿Hacer un viaje?, se preguntaba la calva de Desastres.

—¿Sabes tú la que he tenido que armar para irme a Serba la Barí? —preguntó el cartero, casi cartero—. ¿Sabes tú la de papeles que hay que echar para que me permitan estarme unos días de jolgorio?

—Es Semana Santa, Desastres. No vas a dar ni golpe, porque a partir de mañana es fiesta. No lo notarán los enamorados que esperan cartas junto al buzón, ni los que temen facturas o citaciones del juzgado que terminan metiéndolas en un cajón, en la parte de más abajo del mueble, donde ni se ven ni se recuerdan. Y así creen que no hay que pagar.

—Pero ¿para qué vamos a Sevilla, Matías? El loco de los dientes cantará tarde o temprano. Estaban allí, coño, los cogiste tú.

—No todo es tan fácil, Desastres, que ya lo dijo el psiquiatra. Es cierto, los dientes estaban allí. Casi a la vista de cualquiera. ¿No te escama? Esos dientes los dejaron a propósito. El tipo está majareta. Está claro. Y posiblemente andaba más confundido aún tras la muerte de tu tío... Puede ser que el argumento de la policía sea cierto, que achacase a la doctora la muerte de su amigote. Vale, son locos, imprevisibles. Pero no creo que Cuco Romero la siguiese hasta su despacho, la matase, le arrancase los dientes y se volviese a su habitación. No es tan fácil. Si realmente esos dientes eran un tesoro, ¿cómo pudo guardarlos en un cajón de la mesita, como quien guarda unos calzoncillos?

—Pues yo creo que el loco de los dientes se la cargó.

—Domínguez sería feliz contigo. Con el pobre Cuco Romero dan carpetazo al asunto. Pero cuelgan cosas. Reflexiona: un matrimonio de conveniencia con un homosexual, un test de embarazo positivo, fotografías del futuro suegro de vacaciones por su habitación, y una vejación de libro: arrancarle los dientes, la obsesión del pobre Cuco Romero, que todo el mundo conocía. ¿No te parece sospechoso?

—A mí no —dijo Desastres con seguridad, temía que hubiese que volver al manicomio y esta vez se empeñasen en retenerlo allí para siempre—. Me parece que está muy claro.

—Pues para mí no está tan claro, y por eso nos vamos a Sevilla. A saber de dónde vino esta mujer. Y por qué estaba aquí. Porque hay una pieza principal que no encaja en ningún puzle. ¿Cómo pudo salir la doctora García de la casa de los locos cuando estaba muerta dentro? ¿Se trataba del fantasma de la doctora? ¿Estamos todos chalados? Lo han achacado a un error, una confusión temporal, una cuestión de tanto loco junto. Así que habrá que alquilar un coche —resolvió decidido Verdón observando la antigua bolsa de deportes con la leyenda MONTREAL 76, preparado para viajar. Contenía solamente, no hacía falta mirar el interior, un par de calcetines y una camiseta blanca de tirantes.

—Eso ni hablar —dijo el Desastres—. No hace falta alquilar nada.

—¿Vamos a robar un coche? ¿Vas a hacer un puente?

—Puentes, ni leches. Con lo que tú piensas pagar por un coche te busco tres o cuatro. Tú déjame a mí, que de estos negocios no tienes ni idea. ¿Cuánto hay para gastar?

Le bastó a Desastres una hora y seis cañas por distintos bares del barrio, para presentarse con un Seat Panda rojo en la puerta del bar Gabriel, donde Verdón esperaba con su pulcra maleta de viaje. Contenía tres pares de calzoncillos, dos camisetas interiores, calcetines de repuesto y hasta desodorante. La vida de separado le había reajustado el cuidado personal.

—¿Esto llega a Sevilla? —preguntó Verdón cuando arrellanó de manera muy ajustada el culo en el asiento de copiloto. El coche olía a perro. Pelambres de muda canina adornaban las esterillas.

—De sobra. Fíjate: con lo que te ibas a gastar, le he alquilado el coche al Poeta, he llenado el depósito y me sobran diez mil pesetas por si hay que parar en algún bar de carretera. Creo que no tiene seguro, pero eso es lo de menos.

El viaje prometía: sin seguro por la recién rematada A-92. Verdón repasó sus papeles en voz alta:

—La doctora tenía familia, o eso parece por las anotaciones de su agenda: 23 de agosto cumpleaños del tío Norberto, un número de teléfono a nombre del tío Norberto, una dirección de Norberto García... Así que no hay que ser Matías Verdón para saber que hay un tío Norberto. Así que, para Serba la Barí, como tú dices. A Mairena del Aljarafe, una finca o algo parecido porque pone Vereda de San Martín sin número... La doctora era muy reservada en cosas de familia, parece ser. No, no he llamado al tal Norberto, ni le he dicho nada a don Sebastián padre, Desastres. Vamos de incógnito. Del doctorcito, no me fío. Mejor así. Nos presentaremos por allí, primero a oler, luego a preguntar. ¿A Domínguez? Tampoco le he dicho nada, que se joda.

16

Tuvieron que parar tres veces. Una inevitable parada en Loja propuesta por Verdón, para desayunar unos roscos a la una de la tarde. La siguiente en El Lago Azul, obligada por Desastres, un prostíbulo de carretera donde el compañero hizo de las suyas y casi salieron por patas. La tercera para tomar unas cervezas y unas tapas, ya en la provincia de Sevilla, a tiro del destino. «Sevilla está de bote en bote. Encontrar alojamiento va a ser difícil. No conocemos a nadie. Así que por esta noche, nos apañaremos en el coche. Con el olor de perro. Mañana veremos.» Verdón lo había decidido cuando vio cómo caía el atardecer rojizo en el horizonte. No consideraba posible buscar alojamiento e intentar llegar a una hora decente al domicilio de Norberto García.

Deambularon por las cercanías de Sevilla y su flamante nueva circunvalación hasta que dieron con la salida de Mairena del Aljarafe. Había sido un error no consultar algún mapa preciso. El cortijo, aunque dependiente del término municipal de Mairena, estaba más cerca del vecino Bormujos. El acceso habría sido muy fácil por la Autovía de Huelva. Verdón lo descubrió cuando cruzaron bajo la poderosa carretera y reconoció los indicadores azules. El Desastres iba ensoñado, manteniendo firme la conducción a pesar de los regüeldos de brandy barato, y ni reparó en el comentario del detective: «Vaya vuelta que hemos dado.»

Preguntaron en una gasolinera cuando avistaban el perfil bajo, el *skyline* de pueblo, de Bormujos. El término municipal seguía la Vereda de San Martín. Se les fue la luz del día. A eso de las nueve y media, con las cinco horas de retraso sobre el horario previsto, que perdieron en el burdel, se presentaron en las cercanías de la finca. El Desastres decidió unilateralmente dar una cabezada. Verdón respiró tranquilo: aquello le permitía un rato de estudio concienzudo del terreno sin contratiempos y comentarios inútiles.

La finca era demasiado grande para un análisis ocular. Llegó andando hasta una enorme cancela donde figuraba un cartelón labrado en hierro macizo: CORTIJO DE SAN MARTÍN. Tras la cancela sólo veía la noche, y a través de ella algunos arbustos. No había ninguna caseta de guarda, ni sistema alguno que pusiera en contacto con el interior del cortijo. Quizás el portalón estaba abierto sólo durante el día. O quizá siempre cerrado, sin esperar visita alguna jamás. Las leves marcas de neumáticos y lo crecido de la hierba le indicaron que no eran habituales las entradas y salidas de la propiedad. Volvió sobre sus pasos y observó un pequeño otero a unos cincuenta metros. La noche, que anunciaba una próxima luna muy llena, ya era clara. Subió pesado hasta la colina. Una vez arriba pudo hacerse mejor idea del cortijo que se presentaba ante él y observó la pobre imagen que ofrecía el Seat Panda del Poeta, aparcado en un camino que se desviaba de la vereda principal, ocultado por un pinar casi calvo. La sola idea de pasar la noche con el olor de perros y los restos de resaca del Desastres le obligaron a buscar una pronta alternativa a la noche. Si, además, al día siguiente debía presentarse en aquella finca, era preferible no vestir una camisa empapada en sudor y un jersey adornado con pelusa.

Desde la vista privilegiada descubrió la gran casa, a la derecha de la finca, a menos de doscientos metros, calculó, de la puerta de entrada. A la izquierda se extendía una llanada amplia, de matorral bajo, le pareció ver, donde no reconoció labores de labranza. Intuyó que se trataba de una finca ganadera o algo similar. No apreció más construcción que la gran casa en tres bloques principales: un pabellón central mucho más alto que los otros dos, bien iluminado el porche y el camino que conducía a la entrada principal, más de cien metros de lámparas a ras de suelo, quizás entre arriates. No podía apreciar mucho más sino que se trataba de una casa señorial. La arquitectura de la casona le recordaba a algunos palacetes del centro de su ciudad. Los bloques laterales se alargaban en paralelo al camino principal, como si tratasen de formar una enorme parada de postas, perfectamente simétrica. Un muro alto, rematado con reflejos de luna que achacó a cristales machacados, rodeaba gran parte de la propiedad. Tanto los cristales como los ladridos de perros le disuadieron de aventurarse en el interior.

Volvió al coche. Debía haber cogido la linterna que llevaba en la maleta. Trastabilló y cayó en una zarza. Una espina le arañó el bigote y, sentado en el suelo, comprobó que además tenía raspaduras de ortigas en las pantorrillas. Perdió cinco minutos en volver, mientras se arrancaba espigas del jersey y se azotaba el pantalón para quitarse el polvo.

El Desastres seguía roncando. Se metió en el Panda y,

cuando iba a despertar al conductor, oyó el ruido lejano de un vehículo. Era difícil que alguien pudiese descubrir la presencia intrusa del coche, agazapado en el arcén del camino desviado y a la sombra de los pinos. Se bajó del coche con sigilo y vio cruzar ante él un enorme automóvil oscuro, que calculó debía de costar un riñón, según rugía el motor y la suavidad de los frenos. La zarza había sido providencial. Se acordó de una anécdota bíblica de Moisés que le contaba el padre Severino en la catequesis.

Se ocultó en una zona de arbustos cuando el coche oscuro frenó ante la verja. La luz de la luna le permitió ver a un hombre de baja estatura con gorra que bajó por la portezuela del chófer. Se afanaba en abrir la cancela. Verdón percibió a contraluz, en la ventanilla trasera, un perfil familiar.

17

La noche anterior había observado que junto a la gasolinera aquella, donde preguntaron por el camino, había algo similar a un motel. Sólo era similar. Ni un piquito de estrella. La habitación que le ofrecieron la compartirían con un viajante de comercio. El Desastres y él tendrían también que compartir una cama de matrimonio con colchón de chinches y cabecero de aluminio. Verdón estuvo dudando si volver al Panda y pasar allí la noche. Pero la promesa de una covacha, aunque compartida por todos los huéspedes, con una placa turca y un roñoso plato de ducha, y, sobre todo, la extrema fijación del Desastres por el partido de fútbol que retransmitían en el bar, fueron suficientes circunstancias para solicitar cama.

Los precios, a pesar de la relativa lejanía de la capital, seguían el ritmo de temporada alta. «Aquí, cuando llega la Semana Santa, todo se pone por las nubes», comentó el viajante de comercio que sería su compañero de habitación aquella noche. Estaban en el bar del motel. El Desastres no perdía puntada de un insulso Betis-Valladolid y pedía el cuarto quinto de cerveza. El viajante había aceptado de buena gana compartir aquel cuchitril. Se había hecho a la idea de que contaría con compañeros de correrías las horas anteriores a meterse en la cama.

El bar del motel daba poco de sí: los habituales expositores de cintas de casete donde destacaban El Fary y Azúcar Moreno le sirvieron a Verdón de excusa para evitar entablar con el viajante más conversación de la cuenta. «Las niñas esas de Azúcar Moreno, ésas sí que están buenas», susurró el viajante entre babas en la oreja de Verdón. El pitido final del partido le salvó: el Desastres entró al trapo de la conversación y defendió con uñas y dientes a don Juan Valderrama. Cualquier música española posterior a Juanito Valderrama, para Desastres, eran herejías superfluas. Cenaron unas chuletas de cordero rebozadas y unas raciones de menudo y garbanzos con espinacas. El Desastres llevaba la conversación con el viajante y se citaron a los postres para visitar un puticlub cercano. Verdón dijo que le dolía la cabeza. Se sintió viejo. No era lo mismo, se consoló: el Desastres había dormido su mona y estaba fresco como una lechuga.

A la mañana siguiente, cuando despertó, el viajante había desaparecido. El Desastres también. Dedujo que el viajante había dormido en su propia cama: lo delataba lo revuelto de la colcha y la ausencia de la valija de cuero y una escueta maleta que observó bajo la cama del compañero de habitación cuando se acostó solo y viejo la noche anterior.

Del Desastres no había pista. Lo necesitaba para acercarse a la finca. Se duchó. Cuando fue a desayunar en el bar preguntó por su compañero: la camarera había entrado en el turno de las siete y no había visto a nadie de sus características. El coche del Poeta no estaba en el aparcamiento. El chaval de la gasolinera tampoco supo sacarle de sus dudas. Volvió a la habitación y recogió tanto su maleta como la bolsa del Desastres. A la camarera, que hacía las veces de recepcionista, le rogó que guardase las maletas, pidió que le hiciese la cuenta y preguntó por la supuesta casa de citas adonde debió de acudir el descerebrado de Desastres la noche anterior.

Ir andando desde la gasolinera hasta el burdel o hasta el cortijo tanto daba, dedujo por las respuestas de la camarera. Dejó una buena propina por el desayuno y el aviso a su amigo de que se encaminaba al Cortijo de San Martín.

El sol picaba más de la cuenta a las diez de la mañana. Estuvo andando toda la vereda, saludando a los jornaleros sorprendidos. Un tipo con zapatos de ciudad andaba decidido por las trochas. No tardó más de treinta minutos en llegar hasta la cancela, ahora abierta, de la finca. Volvió al otero y observó a plena luz del día la disposición del cortijo. No le aportó gran cosa. Confirmó que la explanada que observó a la izquierda era una mediana dehesa. Algún toro bravo se veía en la lontananza. Un mayoral corría tras él. En cuanto a la casa, descubrió una rotonda con césped en la entrada, y tan impropio de aquella tierra reseca, unos frondosos jardines que se extendían por los dos brazos de la casa, los pabellones laterales. Reparó en algunas estatuas casi ocultas que adornaban los jardines. No reconoció ningún movimiento en las cercanías de la casona.

Cuando entró por la cancela tomó el camino de la derecha, directamente hacia la casa. Se limpió el dorso de los zapatos en unas margaritas. Ascendió las escaleras que conducían a la puerta principal y se percató de que el gran coche oscuro de la noche anterior estaba aparcado en un lateral de aquella rotonda de césped.

Tras la maleza descubrió una pérgola. Un conjunto de

mesas y bancos de mármol descansaba en su sombra. No le costó trabajo reconocer la ubicación de una de las fotografías que guardaba Sacramento García.

Le abrió la puerta principal un oriental con cara de pocos amigos. Averiguó en él, por la altura y el caminar zambo, al chófer de la noche anterior. Carraspeó al presentarse, ante el temor de que no le entendiese aquel mayordomo. Lo dijo fuerte y claro, pronunciando la ese final de Matías con un profundo silbido. La cara impertérrita de aquel hombre le hizo dudar y volvió a repetir su presentación. Una leve sonrisa le indicó que era suficiente: se había enterado perfectamente. Aquel chino era así, se dijo. Preguntó por don Norberto García. El oriental le hizo pasar con seca amabilidad al *hall* de la casa y se retiró.

Percibió que en la parte de atrás de la casa, que hasta entonces le había sido oculta, había una hermosa piscina y varias dependencias abiertas a un enorme patio. Paseó la mirada por los muebles, joyas restauradas, y estuvo esperando un buen rato a que alguien descendiese por aquellas enormes escaleras que se abrían ante él, como en una película de Hollywood. Pero durante quince minutos no apareció nadie. Estaba sentado en un elegante diván tapizado en rayas rojas y blancas, junto a un tocador. Entonces, ante su sorpresa, cometió un pequeño delito. Entre pecho y jersey ocultó un pequeño portarretratos que juzgó de plata.

—Señor Norberto no está en casa —dijo el mayordomo cuando apareció por ensalmo.

—Vaya por Dios —dijo Verdón, sintiendo prisa—. Un viaje perdido. —Intentó dirigirse a la puerta farfullando disculpas mientras el chino miraba los muebles, y alrededor, con la sensación de que algo faltaba en la escena.

—Un momento el señor —dijo el sirviente. A Verdón

se le atragantó el paso. Había sido descubierto, pensó. Estaba a un buen trecho de cualquier salvación. Echó de menos a Desastres—. Señor no puede irse, todavía.

Verdón se giró con cuidado. Esperaba un hachazo de la mano del oriental, como en una película de Bruce Lee.

—El señor Norberto no está, pero invita esta noche al señor en Círculo Ganadero de Sevilla. La dirección está en papel. —Le alargó una tarjeta recién escrita con una pulcra letra redondilla que no imaginó correspondiese al individuo que estaba frente a él. Como en un intercambio de cromos, le ofreció la suya.

Sonrió como pudo. Cuando salió a la rotonda de césped aceleró el paso. Le sobrevino la grotesca imagen de verse corriendo por los senderos con el Chino pisándole los talones. Bastó llegar a la cancela. El Desastres, sacando la cabezota por la ventanilla del Panda, miraba con muy mala cara alrededor, no reconocía dónde estaba la finca donde pararon la noche pasada y jugaba al pito pito gorgorito con dos cancelas.

—No mires a la verde, no mires —dijo Verdón acalorado y se metió en el coche—. ¿Dónde coño te has metido, Desastres? No digas nada. ¡No mires atrás! Más rápido, más rápido, acelera. Un chino me ha pillado.

—¿Te ha pillado qué?

—¿Dónde coño te has metido, Desastres, Dios mío?

—De putas —dijo con apabullante tranquilidad—. ¿Qué te ha hecho un chino? ¿Por qué sudas?

—Se trata de lo que le he hecho yo a él. Me he llevado una foto: pero mira qué foto...

La cabeza de la doctora García se apoyaba en una pérgola. En la otra parte se veía al doble de la doctora García. Las cabezas parecían siamesas. Miraban las gemelas a la cámara. Sonreían. Parecían felices.

18

El paseo mañanero por Sevilla resultó agradable. Era jueves santo. Por cualquier esquina olía a incienso, mezclado con el incipiente azahar. Aquella noche sería la más grande de la Semana Santa, toda Sevilla en cuerpo a la calle. Almorzaron en una terraza unas tapas de guiso de chocos y presa ibérica. El Desastres, a pesar de la noche en vela, estaba flamante, dicharachero: las putas de aquel burdel de la carretera de Bormujos parecían haberle recuperado la color perdida desde el descenso del Granada CF, color que Verdón creyó extraviada para los restos.

En Granada la tapa no se paga. En Sevilla se paga bien. Pero a Verdón le pareció correcto el cambio de sistema. Aquellos chocos con arroz no eran comparables a los bigotes de calamar que, gratuitos, proporcionaba Bernardo en el Gabriel. Aquellos chocos valían más de las cien pesetas que le cobraban. Por comerse los bigotes del Gabriel debería haber cobrado una indemnización en más de una ocasión. En aquel ambiente de familias y grupos de amigos almorzando con alegría y preparados para la noche grande: ellos con traje azul, camisa blanca, corbata roja, ellas con un vestido recatado, a ser posible con ribetes de encaje negro, se reconciliaron los dos compadres con la buena vida. Una botella de Rioja expiraba sobre la mesa. El último chorrito fue a caer en la copa babeada del Desastres:

—Dame otra vez la foto, Matías. —Volvió a mirar aquel espejo y sentenció—: Esta foto está trucada. Es una foto de la tía hecha con un espejo, aquí, en la sien.

—Trucado andas tú, Desastres. Esta foto sólo indica una cosa, y te la tengo dicha desde la primera caña: son gemelas. Hay una hermana gemela de la muerta —dijo Verdón, intentando que el amigo advirtiese cuál era el panorama que se les presentaba.

—No puede ser. Está trucada. Allí sólo había una doctora. No pueden existir dos.

Verdón dejó pasar el poco seso del Desastres y pidió una nueva botella. Vislumbraba por dónde iba la cosa y esperaría al postre para dejar a Desastres con la boca abierta. No borraba del recuerdo la cara del oriental rebuscando qué faltaba en aquella salita de espera. A esas horas habría descubierto que el portarretratos de plata no estaba y no le sorprendería al detective estar en la lista negra de la reproducción en miniatura de Bruce Lee.

La Semana Santa de Sevilla, ese despliegue de multitudes, le tranquilizaba. Al menos hasta el momento en que decidiese acudir a la cena prevista con el señor Norberto. Allí, si el Chino aparecía, no tendría escapatoria. El Desastres no le serviría de gran cosa sentado al mantel, así que lo tendría en la puerta con el coche arrancado: por si había que salir por patas hacia Granada. Aquel almuerzo, esperaba, contentaría al colega y no le exigiría estar presente en la cena del Círculo Ganadero.

Desastres pasó al brandy cuando empezaron a aparecer penitentes por todas las esquinas, vestidos de distintos colores, que acudían a sus puntos de partida dispersos por la ciudad. Verdón decidió descorrer el velo:

—¿Cómo la historia del vuelo de un loco nos trae hasta aquí, Desastres?, te preguntarás. Pues porque la historia de un loco es la historia del mundo todo, Desastres: es la única respuesta. Un mundo de locos. Te planteas y preguntas cómo es posible que dos chicas estén en la foto con la misma cara y no haya truco. Todo es doble en este mundo de locura. Por supuesto, huelga decirlo, no había dos doctoras. Había sólo una, la que se quedó muertecita dentro del manicomio. ¿Cómo vio el guarda salir a la doctora cuando estaba muerta dentro, Desastres?

—A mí lo de mi tío ya ni fu. Nos estamos puliendo las doscientas cincuenta mil pesetas del psiquiatra, y no es mala vida.

—O no te has enterado y el brandy te sorbe el seso o me estás tomando el pelo. No contestas a mi pregunta...

—No me he enterado. —Desastres removió los carrillos fláccidos para recuperar el sentido.

—Volvamos a empezar. La doctora García está muerta dentro del manicomio y el guarda la ve salir. Pero la doctora sigue muerta allí dentro. ¿No ves la relación con la foto? —preguntó didáctico Verdón.

—¡Calla! —El Desastres hizo un tremendo esfuerzo para poder seguir hablando, veía un dibujo pero no sabía explicarlo—. La muerta tenía un doble que la mata dentro, y la doble fue quien salió fuera. ¡Tate! Lo he resuelto. La muerta tenía una gemela. ¡Ya está!

—Bueno, tanto como ya está... —Verdón pasó la copa de brandy por el bigote y buscó alguna pose, como si recordase alguna postura descrita de Hércules Poirot, quizás en una terraza monegasca—. Ése es el punto de partida. Hemos resuelto un misterio: sabemos que la doctora

Sacramento García debe de tener una hermana gemela. Ella fue la que salió aquella tarde del manicomio cuando su hermana estaba muerta en el interior. No sabemos que la hermana matase a la hermana. Pero sí que, sin más remedio, fue la hermana de Sacramento la que salió por la puerta. Éste es un detalle que desconocen tanto los donsebastianes como la policía. Suponemos. Y este descubrimiento, aunque sea atreviéndose a quitarle a un chino peligroso un portarretratos de la casa que vigila, merece la pena. Vale una pasta. Pero ahora empieza el plan.

El Desastres miraba con la boca abierta. El trasnoche, de pronto, parecía haberle embotado: sus conclusiones, conseguidas con tanto esfuerzo, dejaban todo clarísimo. Verdón lo había emborronado todo.

—Pero ahora empieza el plan —repitió, fanfarrón, el detective—. El tal don Norberto García debe de ser tío de las dos gemelas. Desconocemos si es consciente de que una de ellas ha fallecido. Al fin y al cabo, el vínculo familiar lo conseguimos nosotros. La policía no ha aparecido por allí: te lo aseguro. El Chino estaba tranquilo, la foto estaba allí delante, de frente a cualquiera que entrase en la casa. Pero... anoche, cuando paramos en la puerta de la finca y tú te echaste un sueñecito, un coche llegó a la finca, y vi a una mujer...

—La hermana asesina —interrumpió Desastres.

—Dejémoslo en la hermana. Es muy probable que esté en la finca. Sólo falta una prueba: si el señor Norberto García sabe de la muerte de su sobrina, y no es por la policía ni el manicomio, es que se lo ha dicho la sobrina, la otra.

—Que ha matado a la hermana... —La fijación de Desastres exasperaba a Verdón.

—No. Sólo sabremos, en ese caso, que la hermana sabía que estaba muerta en el manicomio. —La aclaración le pareció al detective un galimatías—. Pudo salir huyendo cuando vio a su hermana muerta. O algo así.

Le asaltaron las dudas. La policía podía haber avisado al tío de Sacramento. Su treta para dejar al descubierto que la hermana gemela fuese la correa de contacto, y que la artimaña le confirmase que el asunto de las hermanas tenía relación con el propio asesinato, le pareció insensata. Tenía que hablar con Domínguez y lanzar algún globo sonda. No estaría de más hablar con su cliente y mostrarle el hallazgo: estaba en Sevilla persiguiendo a la doble de su nuera muerta. Lo mismo era un caso clínico.

—Pues para mí que entró, la mató, y se fue de rositas. Ahora, ¿por qué una hermana mata a su hermana si encima tiene su misma cara? Manda cojones. —La cavilación de Desastres suponía otro dolor de cabeza para Verdón.

19

Hizo varias llamadas telefónicas. Supo que el Bar Gabriel estaba tranquilo, la Semana Santa animaba las noches y las procesiones del barrio habían transcurrido sin incidentes. El Poeta decía que le habían robado el coche pero pagaba religiosamente sus cuentas. Cosa sospechosa, según Bernardo: debía de haber recibido algún ingreso extra. Todo el bar presumía que había vendido el coche. La segunda llamada fue a su nieto. El Matiillas, a pesar de su corta edad, había salido vestido de hebreo en la procesión de la Entrada de Nuestro Señor Jesús en Jerusalén, donde infinidad de niños acompañaban el paso procesional ataviados al modo judío del año 0 menos y pico, seguramente, y llevando palmas y ramas de olivo en la mano. Se emocionó. Era un paso más en el proceso de identificación de su nieto con las quintaesencias granadinas. Al fin se sintió con fuerzas para las llamadas profesionales.

Don Sebastián Aragón padre parecía muy sorprendido por las primeras conclusiones de Verdón. Podía afirmarle con total seguridad que la policía andaba pez en el asunto. Ni él mismo sabía de la existencia de una hermana. Le ofreció un giro de otras cien mil pesetas. Verdón lo aceptó de inmediato. No sabía el tiempo que tendría que permanecer en Sevilla. Si además, propuso Verdón, el profesor podía facilitarle algún alojamiento en la ciudad, cosa que estaba complicada, todo sería más fácil. Don Sebastián le ordenó pedir habitación en un hotel muy céntrico: él se encargaría de que tuviesen alojamiento inmediato.

—Quiero conocer a esa mujer —dijo don Sebastián con demasiada calma—. Quiero saber cómo es ella. ¿Me oye, Verdón? En el Hotel Patios de Altozano tendrá usted el dinero. Yo me encargo. Pida allí lo que le haga falta y que lo carguen a mi cuenta. Anote la dirección...

Verdón supo que había acertado con la llamada. Tenía al cliente caliente y había sabido aprovechar la coyuntura. La cuarta llamada se le antojó inútil. Sebastián Aragón Acosta le había indicado que era muy difícil que la policía estuviese al tanto del asunto. Sin embargo, el olfato le pedía algo más de certidumbre, ratificar que la policía daba palos de ciego. Llamó a la comisaría de Granada.

Domínguez estaba insoportable: la procesión del barrio, de la cual era Hermano Mayor sospechoso de mal trajín con los ingresos y gastos, se había encerrado en su templo a las seis de la mañana. Discutió hasta esa hora con parte de la Junta de Gobierno acerca de cuál era la salida más airosa de su corta aventura como dirigente de la cofradía. Por el tono de los comentarios, Verdón dedujo que aquella misma madrugada lo habían puesto en la calle y que, posiblemente, no había dormido aún y se había pasado la mañana abrazado a una botella de aguardiente.

—Pero ¿qué coño quieres, Verdón? Tú no llamas para saber de mi vida como cofrade... Quieres saber sobre el loco de los dientes. Cantará, te aseguro que cantará. Los dientes estaban allí, lo único que me jode es que fueses tú quien los encontrase.

—No llamaba por eso —dijo Verdón midiendo las palabras—. Esa mujer, la muerta, ¿tenía familia? —La pregunta se le antojó una majadería. La rabia de Domínguez no tardaría en aparecer.

—¿Qué quieres, Verdón? ¿Qué hostia de familia? La muerta sigue en el depósito y lleva más autopsias que Frankenstein.

La respuesta era suficiente: Domínguez había entrado al trapo.

20

Bastó nombrar al doctor Sebastián Aragón Acosta para que las puertas de aquel hotel cercano al Altozano, donde figuraba un rótulo de Completo, se abriesen de par en par. El coche del Poeta jamás durmió en mejor garaje. El labio, el de abajo, del Desastres balanceaba ante la sorpresa: a la chica de recepción le bastó una llamada desde Granada para recibirlos, a él y al detective, como dos clientes de grado. Un botones les condujo a sus habitaciones, separadas y amplias. El Desastres accionó el *jacuzzi* nada más plantar su bolsa de viaje sucia en las finas sábanas. Con un tabique por frontera se tumbaron ambos en sendos sofás que servían de recepción a ambas *suites* con las puertas abiertas.

Se oía a Desastres reír solo, bromeaba en voz alta, abrió la puerta de Verdón y dijo algo sobre si sería complicado, o no, encontrar alguna sevillana casquivana y poco semanasantera que quisiera disfrutar de aquel lujazo. Cerró la puerta de la *suite* del detective con los ojillos vidriosos y prometió estar en quince minutos dispuesto a arrasar la *madrugá* sevillana. Verdón sólo pensaba en la cena de aquella noche y recomponía el mapa de cuanto había descubierto a hora de hoy.

El almuerzo con el Desastres había sido un tremendo error: el detective no se encontraba en condiciones de entablar una conversación seria aquella noche. El exceso de vino hacía estragos y le dolía la cabeza. Haciendo alarde de huésped pidió un analgésico a recepción, de inmediato. Cuando la camarera apareció con el vaso de agua y la pastilla volvió a sentirse viejo. ¿Qué ocurría? En sólo dos días Verdón había optado por la retirada ante las copas y las cervezas tardías, mientras que el Desastres andaba feliz, como unas pascuas, con su cogorza levantada como una cresta de gallito pitirri. Se preguntó si sería diabetes o depresión, si malos ratos —a eso lo achacaría el doctor Desastres— o sólo cosas de la edad y los nervios.

«Ir al médico», se dijo Verdón tumbado en el sofá de su doble *suite* del hotel. Se le pasó por la cabeza las tardes perdidas en las salas de espera, la duda de si las citas previas y los volantes médicos desempeñarían su papel, las pruebas de sangre y orina extraviadas en enormes sótanos de hospitales, que parecían secretos, donde sus dolencias rodarían de mano en mano y se perderían para siempre. La burocracia sanitaria siempre le daba cierto repelús. No conocía a ningún amigo que hubiese salido de un hospital más sano que cuando entró. El paso de ponerse en manos de especialista supondría entrar a formar parte de otra lista social: la de las menudencias, los que sobraban, los que se convertían en seres degenerados, siempre de baja, simples haraganes a la vista de los médicos.

Esperó que el analgésico le hiciese efecto y le asaltó la duda de si el Desastres utilizaba algún mejunje secreto. Se lo preguntaría. Sus años de alcohol parecían pasarle factura. O sería que ya no aguantaba el cuerpo y el Desastres estaba hecho de otra pasta. O sería que el propio Desastres estaba, ya, totalmente alcoholizado y ni lo notaba.

Pero a él aún se le quejaba el hígado, y por extensión la cabeza, los intestinos, los pulmones, y un día de éstos, el corazón.

Tanta reflexión pareció tener un efecto milagroso. Se encontraba mejor. Es más, pidió de nuevo a recepción: esta vez un *gin-tonic*. Pensarían que era un enfermo. Y era cierto.

Se disiparon las dudas. El efecto del mediodía y la sobremesa habían derruido al Desastres. Él pidió un analgésico, el Desastres había optado por la manera más saludable: dormir como un tronco, ése era el mejunje secreto. Roncaba en su habitación, no se enteró de las repetidas llamadas realizadas por la amable chica de recepción y el botones abrió al detective la habitación del compadre ante la alerta de un síncope. El *jacuzzi* rebosaba de agua como chocolate y un reguero conducía al cuerpo desnudo, minúsculo, arrugado, del hombre que dormía plácido su mona. Un espumarajo colgaba de la boca del hombrecillo, balanceándose. Verdón lo cubrió amorosamente con la colcha.

Tenía tiempo suficiente de presentarse en el Círculo Ganadero para la cena. Dejó recado de que llamasen al Desastres, sin falta, a las diez de la noche, cuando resultaría imprescindible, calculó, que el compañero estuviese a la puerta del restaurante de aquel club. La muchacha de recepción le facilitó un plano de la ciudad y marcó el Círculo Ganadero con un redondelito rojo. Estaba cerca, en la vereda del río, quinientos metros escasos, en Triana.

Fue andando, evitando las multitudes, por callejuelas que olían a azahar y orines. Supo que se enfrentaba a un momento crucial: él sabía que existían dos Sacramentos. El tal Norberto podía ignorar las conclusiones de sus indagaciones. Podía saber de la muerte de Sacramento, y eso le conduciría sin remedio a su doble. Se sintió solo y desprotegido. Sabía que el Chino, al menos, lo identificaría con facilidad. Don Norberto podía ser un viejecito encantador. O la encarnación del peor subinspector Domínguez, no sólo con mala fondinga, sino, además, con dinero.

Se forzó a seguir andando con la frente erguida y miró el reloj a la altura de la nariz. Había llegado a la puerta del Círculo Ganadero cinco minutos antes del horario previsto. Lo agradeció. Prefería ser el primero. Tendría la oportunidad de observar si el Chino merodeaba por allí. Y así era: por eso pasó temblón junto a la puerta. El Chino y tres tipos como armarios se apostaban a la entrada del restaurante. Los tres eran bizcos. Parecían vigilar en 360 grados. El plan de huida flojeaba. Se dispuso a estudiar una salida trasera. Lamentaría comprobar que toda la parte de atrás del restaurante tenía el río como frontera.

El *maître* fue demasiado amable. Tuvo la misma sensación que cuando pidió la habitación a nombre de don Sebastián en el hotel. La reacción fue idéntica: la servidumbre anidaba en la gente, ante aquellos grandes nombres se abrían de par en par las puertas más cerradas y todo eran salutaciones y gracias, babas y repugnancia. Los sueldos no daban para tanto, pensó Verdón. Era algo más: «La servidumbre es un subsistema de supervivencia creado por los señores», sentenció recreando una frase del Poeta. Hizo un esfuerzo por recordarse a sí mismo en circunstancia tan servil. Tardó escasísimos segundos en encontrar varios ejemplos.

El Círculo Ganadero era un edificio bajo y amplio que se asomaba al Guadalquivir. Contaba con una hermosa piscina donde cinco aguerridas muchachas entrenaban natación sincronizada a las nueve de la noche. Pensar en la piel de gallina de las muchachas, cuando en sus piruetas saliesen del agua, hizo que se le calasen los dientes. Observó un primoroso jardín que se utilizaría en los meses más benignos; más allá una barra de bar abandonada le anunció el uso veraniego. Allí debían de ser muy agradables las tardes de agosto.

Junto a la piscina apareció la silueta de una mujer en traje de baño que daba órdenes a las niñas que se estaban congelando dando brincos, supuestamente, deportivos. El *maître* tiraba de su camisa para acompañarle a la mesa reservada en el interior: no le permitió más reflexiones. La había vuelto a ver.

21

Don Norberto cumplió las peores expectativas. En la espera, Verdón tomó otro *gin-tonic* sentado en una de las mejores mesas del restaurante. Frente a él observaba el tranquilo discurrir del río, y más allá, en la otra orilla, apreció el caminar lento de una procesión de velas. Por allí no tendría salida. El Círculo contaba con una extensa propiedad, a la piscina había que sumar un picadero que se extendía hacia el sur y una explanada de césped hacia el norte. Demasiado pequeño para un campo de golf, muy grande para un campo de fútbol, pensó Verdón. Calculó que en su huida tendría que correr más de doscientos metros para llegar desfondado a un verja, posiblemente, sin más salida que saltar dos metros y medio de alambre en vertical.

En seguida supo quién era don Norberto. Antes de su triunfal entrada apareció el Chino. Escrutó el comedor, algo vacío de clientes, intuyó Verdón, con motivo de la Semana Santa. Clavó la mirada oriental en el detective, que intentó empequeñecerse, y lo hizo sentirse ridículo. Una vez que el mayordomo hubo ubicado al comensal hizo un leve gesto hacia la puerta principal del restaurante. Ahí apareció don Norberto, fantasmal. Pálido y perfectamente afeitado saludaba con cierta afectación al resto de comensales, que parecían reconocerle y, algunos, venerarle.

Se acercó con gesto serio y adusto. Vestía un perfecto traje azul cruzado y una corbata bermellón sobre la camisa blanca. A Verdón le pareció el traje más oficial de la Semana Santa sevillana o el uniforme de un presidente de club de fútbol.

Su saludo no correspondió al nivel que había mantenido con los presentes en el comedor. Ni le dio la mano. No sacó la sonrisa de paseo. Verdón intuyó que al tal don Norberto no le quedaba más remedio que verse con aquel botarate de Granada.

Tendría sesenta y pico años, calculó Verdón. Un tipo de buena familia, por lo que observaba: reconocido en la ciudad, ganadero de pro, según denotaba su finca, algo abandonada, y su preeminencia en aquel lugar. Pose de torero y algo amanerado, depositaba unos ojos fríos y grises sobre el detective. Lo peor fue la voz: ya había oído ese tipo de voz alguna otra vez, no era aguardiente en la garganta.

Era otra cosa, la voz reconocible de la puñalada trapera. «¿Por qué se clasifica a la gente por el color de piel, el pelo, el peso o la estatura y no se les clasifica por el tipo de su voz? —reflexionó Verdón en un instante—. Por ejemplo por voz de pito, por voz de ogro, por voz de mala leche, voz rastrera, voz que te la clava, voz de pico, de heroína, de cocaína, pero que controla, de pico de lo que sea: voz de criminal. Como ésa.»

—Ha pedido usted su aperitivo, por lo que veo... —dijo la voz, que se le caló al detective, de inmediato, en el tuétano de los huesos. El *maître* se acercó con una copa de fino, muy fría, que dejó con una muy servil reverencia ante don Norberto.

Aquella voz le puso en guardia. Un tipo de un bar de Granada tenía la misma: y le dejó colgada toda la reforma de tuberías que le realizó, cuando era fontanero, treinta años atrás. Era la voz de un eventual socio del Planchet que llevó a su amigo a la ruina en un negocio de concesionario de coches. Era la voz del comisario Petíñez, el jefe de Domínguez, que siempre le ponía los pelos de punta y la moral a caldo. Dudó si sería capaz de poder conversar con aquella voz como interlocutora. Pidió permiso para ir al servicio. Allí se echó agua: sudaba y se secó con una toalla con el anagrama del Círculo Ganadero bordado en hilo dorado. El miedo se le había metido en el cuerpo. Jamás lamentó tanto no haber llamado por teléfono al tal don Norberto, en este caso, con antelación. Una voz como ésa, aquel tipo de voz que era incapaz de definir, le habría hecho abandonar el caso. Ni por todo el dinero del mundo. Pero ahora estaba metido hasta las cejas: aprovechó la visita a los lavabos para elucubrar un plan, cómo escapar de allí. El Chino hablaba con el *maître* en la entrada del restaurante. No pudo resistir llamar al hotel. El Desastres estaba en camino, le dijo la recepcionista. Al menos existía un tenue plan de evasión.

—Quien con niños se acuesta, amanece meado. —Verdón no supo cómo recibir la máxima que don Norberto le soltó antes de tomar siento.

—¿Perdón? —dijo el detective, como pillado en falta, por haber fumado en los servicios de la escuela del barrio. La sensación le dolió en el estómago.

—Digo que lleva usted aquí poco rato, y antes, casi, de las presentaciones ya ahueca el ala. Para mear. Los hombres se aguantan.

—Será la diabetes, o la edad —se excusó Verdón intentando modificar en sus oídos el timbre de aquella voz. Podría haberlo hecho con los ojos, obviar cualquier cosa en su mirada. Hasta obviar una peste insoportable con el olfato: le había ocurrido a menudo. Contra aquello no había antídoto. Con los oídos le era imposible. Le faltaba práctica.

—Usted sabrá, señor mío —dijo don Norberto con retintín—. Y sabrá, incluso, por qué estamos hoy aquí. ¿Quiere probar el rabo de toro? Es exquisito. Aún no es viernes santo y estamos en puertas de la Feria...

—Sí, yo rabo.

El *maître*, solícito, tomó nota. Dos rabos de toro con dos consomés al jerez.

—Y unas tortillitas de camarones para picar, Manolito —remató don Norberto.

Se colocó sin vergüenza la servilleta en el gaznate, y Verdón hizo lo mismo: sólo traía esa camisa limpia. La conversación se relajó, y el detective supuso que era el mejor método para acostumbrarse a la voz. Llegó a pensar que no debía prejuzgar a nadie por la voz. Lo que faltaba. Domínguez lo hacía por la simple apariencia. Planchet por lo que, el botarate, suponía estatus social. Desastres por el color de piel. Bernardo despotricaba de todo acento que no sonase al Sur. No había reparado en ninguna discriminación, así a priori, que ejerciese su persona. El timbre de voz podía ser la primera. Hablaron del tiempo y la Semana Santa. La paz duró lo que duran unas tortillas de camarones crujientes.

—Usted ha venido a mi casa y no me ha dicho para qué. —Don Norberto lo soltó en cuanto se esfumaron de la mesa los tazones vacíos de consomé en manos de un camarero.

—No es fácil de explicar...

—Pues vaya espabilando, ¿Verdón? ¿Le llamo Verdón o le llamo Matías? ¿O Matías Verdón? ¿O señor detective? —La voz de don Norberto sonó cruel y amarguísima.

—Verdón, vale con Verdón.

—Si usted está aquí es por curiosidad mía. Azumamaro me llamó esta mañana. No suelo recibir visitas. Y menos de detectives...

Verdón cayó en la cuenta de que el orden era erróneo. Él no había dicho en ningún momento al mayordomo que era detective. Lo dijo su tarjeta, y fue después de concertar la cita. Así que se atrevió y rompió fuego.

—El chino ese no sabía que yo era detective, al menos no cuando fue a hablar con usted por teléfono. No debe sorprenderle entonces la visita, quizá la estaba esperando...

Don Norberto pareció atragantarse con el pedazo de pan que mordisqueaba y se embuchó un vaso de agua. Estuvo al menos medio minuto callado, con la cara congestionada.

—Lo mismo da —dijo recuperando el ánimo—. Llámelo curiosidad o llámelo equis. Para las personas inteligentes el orden de los factores no altera el producto.

—Puede ser —contestó Verdón, sintiendo que había recuperado cierta dignidad—. Tengo la sensación de que usted sabe perfectamente de qué vengo a hablarle. Usted tiene una sobrina: Sacramento. ¿Ha sabido algo de ella últimamente?

La pregunta era toda una apertura de partida de ajedrez, y a Verdón el juego se le daba mal. Pero si había empezado mostrando sus cartas y añadiendo un carácter aventurero y seguro de sí, no quedaba más remedio.

Don Norberto puso cara de póquer.

—No sé de ella últimamente —se limitó a decir lanzando la pelota al tejado de Verdón.

El detective cambió el símil del ajedrez por el fútbol. Le habían dejado jugar el balón, el equipo contrario se había metido atrás.

—Entonces no sabrá que apareció asesinada hace pocos días en el psiquiátrico de Granada, donde trabajaba. —Verdón no apreció el menor gesto en el rostro de su interlocutor, que sacaba de lado la lengua mientras se enfrentaba a los cartílagos del rabo, para sacarle la carne—. Y por su reacción, colijo que la cosa no le sorprende...

—¿Me debe sorprender? —Don Norberto contestó sin levantar la vista del guiso—. ¿Quién le manda a usted? ¿Por qué viene a contarme la muerte de mi sobrina? ¿Qué quiere usted, Verdón?

Podía seguir moviendo ficha, pero la partida podía ser un desastre y le quedaba hablarle de las hermanas gemelas. Persistió en el símil del fútbol y tiró el balón fuera. Se disculpó y volvió al servicio. Era una técnica muy cobarde, reconoció ante el espejo, pero necesitaba respirar hondo y olvidar el timbre de la voz por unos momentos. Cuando volvía hacia el restaurante el Chino no estaba en su lugar de vigilancia, en la puerta del vestíbulo.

Volvió a la mesa. Parecía que iba a empezar el segundo tiempo. Don Norberto esperaba una respuesta. Así que optó, torpemente, por centrar el balón directamente al área, con rosca. No sabía jugar de otra manera:

—No tengo que revelarle quién me contrata. Ni puedo decirle, con exactitud, qué me trae aquí. Su sobrina ha sido asesinada. Y me han encargado que aclare el asunto. Le vale con eso. —Ante el silencio de la voz de don Norberto se sintió envalentonado. Y ése fue su error—. Y sé que doña Sacramento tenía una hermana. Gemela para más señas. Y eso, don Norberto, embrolla todo. Alguien vio salir a Sacramento poco después de ser asesinada —aquí, el detective trastabilló lamentablemente en su descripción—, esto es..., que murió y la vieron salir, esto es..., que si tiene una hermana gemela, puede ser que entrase la hermana, la matase y volviese a salir, y el guarda pensase que quien salía era la propia Sacramento, ¿me sigue?

—Lamentablemente, le sigo, Verdón. —Don Norberto había terminado el rabo de toro y el chasquido de sus dedos significaba «café solo»—. Pero yo ahora, en unos minutos, me voy de *madrugá*. Y no voy a poder atenderlo mucho más. Sabrá comprenderme...

—Lo comprendo. —Verdón titubeó. Su rabo de toro estaba incólume. El portero había parado la pelota y le bastaba con el empate. El balón estaba mareándose en el córner. Aunque quizá, pensó, no se trataba de un empate, sino de una derrota en toda regla—. Pero ¿tengo razón o no, don Norberto?

Don Norberto hacía ya amago de levantarse. El café acababa de caer sobre su taza y, en un cerrar de ojos del detective el azúcar cayó, se removió y el café desapareció por el gaznate.

—No ha contestado a mi pregunta: ¿qué quiere usted, Verdón? —Don Norberto se levantó y el personal comenzó a hacer reverencias mientras abandonaba el comedor. El detective supo entonces que estaba en fuera de juego.

22

Como creyó adivinar que la cuenta iría a los fondos de don Norberto, se pidió un coñac de verdad. Pedir un Jack Daniel's le pareció un chiste malo. Nadie se percató de su soledad y su miedo. Volvió al servicio, dejando ostensiblemente la servilleta en el asiento, como bandera de que aún no se había marchado. Ni rastro del Chino. Supuso que el chófer ejercitaba su oficio llevando a don Norberto a su francachela de imágenes sagradas y procesiones hacia sus templos.

El primer coñac lo apuró hasta la última gota. Repasó mentalmente su situación: había metido la pata hasta el fondo. De ésta no le sacaba ni don Sebastián Aragón Acosta ni la madre que lo parió. Quedaba la posibilidad de encontrar al Desastres en la puerta haciendo guardia y enfilar camino de Granada. Podía pasar por el hotel, recoger las maletas y el giro. Se habría embolsado trescientas cincuenta mil y contaría alguna milonga al cliente. O podía dejar el tema en manos de profesionales, aunque fuese en las zarpas de Domínguez. El asunto de las gemelas era sabroso y podría suponerle un respeto del viejo policía, al menos para las próximas semanas. Era un buen chivatazo.

Reflexionaba en ello cuando pidió el segundo coñac. Había trazado el plan, y sólo consistía en la huida. No era la primera vez, ni sería la última, en que recurría a la cobardía como norte. Otros llaman valentía a la insensatez. Él sería sesudo, más que gallina, y tomaría la A-92 de vuelta. Luego achacaría aquella decisión, cuando contase aquella aventura a su nieto, a algo tan sutil como el asunto de la voz de don Norberto. Sabía que la cosa podía ir a más, que sólo había escarbado un poquito en la superficie y ya le habían amenazado los escorpiones. El segundo coñac le retuvo otros diez minutos, se le había hecho un nudo en la garganta.

El Desastres estaba fumando un Ducados, apoyado en el coche del Poeta. El detective lo abrazó como si viese al ángel de la guarda.

—No sé para qué pollas hacemos este viaje juntos, si siempre me dejas atrás, durmiendo —se quejó el compañero.

—Te dejo durmiendo cuanto estás durmiendo, Desastres —dijo el detective sin mala leche—. De todas formas, a esta cena no estabas invitado. ¿Has visto a un chino por aquí?

—No, sólo a unas niñas muy bonitas en traje de baño.

El *maître* corría hacia el aparcamiento. Verdón se temió lo peor: que traía algún mensaje en clave de don Norberto. Pero el hombre sólo quería cobrarle los dos coñacs. El anfitrión había pagado la cuenta justa hasta que se formalizó su marcha. El resto, las copas, no iba incluido. Verdón soltó con dolor cuatro mil pesetas. Pero recordó las chicas en traje de baño y se le iluminó la intuición. Daría un paso más. Seguía siendo un valiente.

—Sabe usted, tengo yo una niña de esta edad, de la de las chavalillas que hacen lo de las piruetas en el agua...

—Se llama natación sincronizada —dijo el *maître* con sabiduría.

—Pues eso. Y me estaba yo preguntando: ¿por qué no meto yo a la niña en esto de la natación, que se ponen tan morenas y están siempre haciendo ejercicio?

—Los cursos los imparte el Círculo, pero para pertenecer al grupo de natación no es imprescindible pertenecer al club... —El *maître* soltó la última frase con cierta comprensión. Verdón y él eran de la misma clase: los que tienen que servir—. Se viene usted el lunes y pregunta por la señorita Remedios, que seguro estará encantada de contar con su chavala. No tienen muchachas suficientes.

—¿Remedios qué?

—Remedios García, la sobrina del señor que le ha invitado a la cena. —El *maître* miró con sorpresa, supo que había metido la pata. Porque Verdón sonreía: no le había fallado el olfato.

23

Había decidido, por su cuenta, convocar al equipo de natación. Ella ordenaba a las chicas cuándo comenzaban los entrenamientos. En cuanto volvió a Sevilla consideró que era el día adecuado. No le preocupaba el clima. Bajo más frío habían entrenado en otras ocasiones. El equipo no contaba con piscina climatizada. El Ayuntamiento lo había prometido varias veces y aún seguían a la espera. Así que era el mejor momento: las muchachas estaban de vacaciones de Semana Santa y recién terminadas las evaluaciones, no le vendrían con gaitas de exámenes y ella necesitaba volver a su rutina de primavera-verano. Llamó al club y reservó la piscina: de ocho a diez. Todas las niñas dieron el sí.

Sólo pudo hablar con Norberto la noche anterior, el miércoles, en una recepción que tuvo lugar en un hermoso palacete de los que pertenecieron a la Exposición Iberoamericana de 1929. No sabía qué pabellón sudamericano acogió aquella casa hacía tanto tiempo, las líneas azules rojas y amarillas de la fachada podían pertenecer a más de una bandera. Ni siquiera se preocupó por saber qué institución acogía aquella recepción ni cuál era el motivo. Sólo sabía que Norberto estaba allí.

Azumamaro le había dado largas. Su tío no apareció por el cortijo aunque supiese de su llegada: debía encontrarse en el apartamento de Los Remedios, encerrando santos todas las noches, ocupándose de sí mismo, como siempre. Su padre era exactamente igual: un egoísta. No lo recordaba de otra manera. Los recuerdos se le vinieron encima aquellos días, sola en la inmensidad de la casa donde se criaron. El japonés, amable hasta el delirio, y con cierta aprensión, no le quitó la vista de encima. Pensó que quizás el oriental le tenía miedo. Pero el tipo se mantuvo en sus trece e hizo caso omiso a todos sus ruegos de viajar a la capital. «Don Norberto no ha dado ninguna orden nueva, señorita», repetía incesantemente.

Tampoco era acuciante viajar a Sevilla: de haber sido así, podía haber localizado un taxi, o recurrir a alguno de los mayorales para que la llevase de juerga. Prefirió esperar. Si se hubiese sacado el carné de conducir contraviniendo las estrictas normas de su tío, como hizo su hermana en cuanto abandonó el Cortijo de San Martín, dependería de ella misma. Pero sabía que su momento llegaría, cercaría a Norberto, le sacaría toda la verdad.

La tarde del miércoles santo, Azumamaro le informó de que la cita con Norberto tendría lugar por la noche. El enano oriental le recomendó media etiqueta. Él mismo la condujo a Sevilla, y allí se quedó, en la puerta de aquel pabellón reconvertido en sede de no sabía qué. Apareció divina y viva, como una imagen imposible de Sacramento García resucitada.

Norberto la atendió en mitad de la recepción. Poetas locales, políticos de medio pelo, empresarios dedicados al fútbol y al Cristo del Gran Poder deambulaban por las estancias persiguiendo a los camareros que portasen bandejas con canapés.

Se saludaron en silencio. No se alegraban de verse. Hacía semanas que él no sabía nada de ella y las fechas de su visita eran muy poco oportunas. En cuanto terminaba la temporada de entrenamientos del equipo de natación, Remedios desaparecía en viajes a países tropicales o estaciones de esquí, una vida esquiva y a su aire. Pero, al contrario que Sacra, su gemela, no había decidido cortar el cordón que les unía al único familiar vivo que reconocían. Ella volvía siempre, por primavera.

—Al fin has conseguido lo que querías.

El rostro de Norberto García se esperaba lo peor.

—¿Qué has hecho, Reme? —dijo Norberto con un leve temblor en la mano que sostenía un vino fino de Jerez. Remedios sonrió: lo tenía contra las cuerdas. Acercó sus labios a la oreja peluda de su tío.

—Yo no he hecho nada, lo sabes muy bien. Me has quitado para siempre a Sacramento. ¿No te han llegado noticias de Granada? ¿No te busca la policía?

—Estás loca. —Como en una telenovela, Norberto García asió el brazo de Remedios, llevándola a un lugar donde la luz del salón iluminase más tenue.

—En eso nos has convertido. Tito.

24

Azumamaro se acercó con paso felino a la piscina. Remedios daba indicaciones sentada en un poyete a las chicas que temblaban mientras salían y se metían en el agua. Si no conociese el perfil del Diablo le hubiese costado trabajo reconocerla bajo tan poca luz. Pero sabía que estaba allí, porque él, saltándose las órdenes de don Norberto y cayendo en el cautiverio del Oni, había dejado a la muchacha, aquella misma tarde, en la puerta del Círculo dispuesta a reiniciar sus clases de natación. La abuela de Azumamaro siempre hablaba de la trampa tejida por los diablos, los onis, que siempre acechaban en la oscuridad y torcían la voluntad de los hombres. Pensó en la señorita Sacramento. El Diablo y el Ángel eran iguales: hermosas y perturbadoras. Pero los ojos de oni de Remedios no le engañaban.

Las indicaciones eran muy claras. Don Norberto se había enfurecido mientras realizaron el corto trayecto que separaba el apartamento de Virgen de Luján, en Los Remedios, del Círculo Ganadero. El alma imperturbable del japonés sufría contracciones mientras conducía. Su soliviantó interior no se transmitió a la conducción impecable del vehículo.

—Me has decepcionado, Azumamaro. Te dije que Remedios no debía abandonar el cortijo. Y mucho menos hoy, zoquete: hoy ceno con el inspector, el detective ese o lo que sea, en el mismísimo Círculo y tú pones a Reme a los pies de los caballos. —Norberto García buscaba una solución en su interior. El japonés era su hombre fiel, pero le había fallado. No podía delegar sus asuntos—. En cuanto lleguemos, la coges y te la llevas al cortijo. Quiera o no quiera. Yo me encargo del detective. ¿En esa tarjeta ponía detective o inspector?

—No entiendo, señor. Pero ¿por qué señorita Remedios no puede estar en su trabajo de nadadoras? Detective inspector no sabe nada. Tiene la cabeza vacía. Noto en la cara.

—Eso lo decido yo, Azumamaro. No sabes de la misa la mitad. En cuanto lleguemos te llevas a Remedios. Y a esperar órdenes. Luego decidiremos qué hacer con el detective, cuando yo cate el paño. ¿Nuestra gente está convocada?

Allí estaba el japonés, mirando a las chicas, cuando observó que abandonaban definitivamente el agua por esa noche. Se acercó despacio a Remedios y le ofreció la toalla. Así, de pronto, nunca sabía con cuál de las dos hermanas se enfrentaba. Sí conocía las reacciones de una y otra. Remedios era un Diablo terrible, Sacramento, un Ángel. La mirada de Remedios pertenecía a su imaginario infantil, cuando su abuela le contaba historias terribles de onis, los demonios que miraban y fulminaban las almas.

En verdad, ni le preocupaba ni conocía cuál era la historia de aquella extraña familia. Sólo sabía que la lealtad al dueño de la casa le proporcionaría el dinero suficiente para, en un futuro cercano, poder independizarse y abrir un gimnasio de artes marciales en alguna de las poblaciones cercanas a Sevilla. Su aspecto de servidor fiel era una estratagema sobre la que llevaba trabajando varios años: no había prisa, sólo capacidad de ahorro y determinación. Nunca hacía preguntas. Si alguna vez, por ejemplo, hubiese visto un muerto sobre la alfombra, se habría limitado a barrer alrededor y silbar. Y en aquella familia, por lo poco que sabía, debía de haber más de un muerto infeliz. Se respiraba en el ambiente de la casa, en la formalidad cruda en que los unos se dirigían a los otros. Quizás era la explicación de por qué el Ángel había desaparecido de sus vidas hacía unos meses.

Se acercó al Diablo y le dijo que debía volver al cortijo. «Órdenes del señor don Norberto», susurró. La noche anterior, cuando Azu recogió a Remedios en aquella casa del centro de Sevilla, que él consideraba de tan mal gusto, con líneas de colores chillones cruzando la fachada, el Diablo se sentó en el asiento de atrás luciendo su sonrisa infernal. El japonés se hizo el sueco y no prestó mucha atención a la escena. Remedios se reía de vez en cuando camino de Bormujos, y a veces parecía sollozar. Impertérrito, miraba de cuando en cuando por el retrovisor, y temía que el Diablo le diese órdenes contradictorias, o que se viese abocado a llevarla a cualquier hospital ante un ataque de histeria. O mucho peor, tener que reducirla y golpearla para que callase, ya la risa, ya el llanto, y tener luego que llamar a don Norberto dando explicaciones y sin remedio sufrir alguna maldición, a juicio de su abuela. La noche anterior el Diablo tenía prisa por llegar al cortijo. Azu la escuchó llorar hasta el amanecer.

Pero aquella noche, el Diablo parecía tranquilo. Ni siquiera hizo el más mínimo mohín de contradecir las órdenes de don Norberto. Se vistió, despidió a sus discípulas y montó en el coche solícita. Azu aceleró en cuanto tomaron la Autovía de Huelva: tenía que llegar al cortijo, dejar al Diablo y esperar el nuevo encargo de don Norberto. A mitad de camino, cuando pasaron el desvío de Tomares fue la primera vez que habló el Diablo:

—¿Qué ha pasado, Azu? He visto entrar a mi tío y ni me ha saludado. ¿A quién iba a ver? Sé que pasa algo.

El japonés mantuvo su intención de no entrar al trapo. A la señorita Sacramento le habría contado todo, de ella jamás se podía esperar nada pérfido. Pero de Remedios esperaba cualquier cosa: sus palabras se volverían contra él. Cualquier japonés tenía que tener mucha prevención ante la encarnación de un Oni: «Toda mujer tiene un Oni en su corazón. Proverbio de abuela», pensó. La tensión aumentó de improviso.

—No soy tonta, Azu, ¿tiene esto que ver con la visita de esta mañana, Azumamaro? Nadie va jamás por su voluntad a esa casa. —No había escapatoria.

—Señor Norberto sabe todo y contará a usted. Azu sólo calla. Don Norberto dice todo. Azu sólo puede decir que un señor de Granada ha estado hoy en el cortijo. No puede decir más. —Las pupilas del Diablo se dilataron y llegó la calma. Viajaban a algún lugar recóndito que Azu no podría visitar. Entonces Remedios recordó y empezó a llorar.

25

Decidieron hacer lo acordado. Pasarían por el hotel a recoger los escasos equipajes y volverían a Granada. El Desastres, que parecía muy fastidiado por perderse gran parte de las claves de la aventura sevillana, no abrió el pico. Encontraron múltiples direcciones prohibidas y varios cortejos procesionales que les cerraron el paso. Verdón contabilizó que cruzaron por diversos puentes el Guadalquivir, al menos en cinco ocasiones. La deriva del tráfico los condujo finalmente hacia otro puente con forma de arpa tirada en el suelo. Más allá no se veían velas de nazarenos, ni aglomeraciones de ciudadanos: estaban en el corazón del recinto de la EXPO '92. Se quedaron perplejos ante la actividad insólita. Parecía que otra ciudad crecía junto a la ciudad de Sevilla, que, ignorante, se había echado en cuerpo a la calle. Sevilla no parecía consciente de que al otro lado del río, en pocos días, una nueva hermana le habría nacido para sorpresa del mundo.

Cientos, o miles, de operarios ponían todo a punto febrilmente. Los pabellones hacían pruebas de iluminación simulando una feria. Las calles, recién asfaltadas, condujeron a Desastres y Verdón por un extraño laberinto. Banderas de países de todo el mundo, multinacionales, colores chillones y formas de edificios indefinibles surcaban el horizonte. No sabían, a ciencia cierta, dónde estaba el espectáculo: si a uno u otro lado del río. Las hormigoneras trabajaban a destajo. El detective calculó que los primeros clientes de Pepe *el Dientes* que llegasen a la EXPO '92 iban a inaugurar todo, incluso las aceras que se empeñaban en terminar los obreros bajo potentes reflectores: esos terrenos no tenían pinta de estar finalizados en tan escaso tiempo.

—Esto es muy impresionante, pero el hotel no está por aquí —dijo cortante Verdón. Mirando la cara del compadre decidió que sólo le habría faltado subir manualmente la mandíbula de Desastres, que amenazaba con caer de pasmo y por bobo.

—En mi vida había visto este despliegue —dijo el colega con voz de asombro.

—Muy extraordinario, Desastres. Pero vamos al hotel. Ya vendremos a la EXPO, cuando esté terminada. —Con el favor de la luz de una farola recién colocada, Verdón expandió el plano de la ciudad sobre su panza. Intentó localizar su ubicación—. Cago en la leche, Desastres, toda esta zona es nueva. No sabemos dónde coño estamos.

—A lo peor nos echamos a dormir en el coche. Y si hace falta, nos bajamos y le echamos una mano a los compañeros del metal, que lo llevan chungo.

Verdón no sobrellevaba la broma. El pescuezo le sudaba y no era de calor. Avanzaban lentamente cuando se metieron en los límites del recinto, donde aún estaban asfaltando el piso. No muy lejos descubrieron la autovía.

—O nos vamos directamente y que le den por culo al hotel y al equipaje —dijo Verdón.

—¿Y perder las cien mil pelas que ha prometido el matasanos? Calla, calla, que no sabes lo que dices. Tú ves visiones, Verdón, no hay ningún chino que nos persiga. Tú no te preocupes, que salimos de aquí.

Cuando el Desastres se bajó para preguntar a unos chavales que estaban colocando una señal de tráfico, Verdón supo que la conversación sería larga. Invitaron al homúnculo a beber a morro de un litro de cerveza. Verdón esperó sacando paciencia de su inquietud. Cuando apuraron la botella, el Desastres volvió al coche:

—Damos la vuelta y punto —dijo convencido—. Al final del puente ese de los alambres gordos está el hotel.

Verdón suspiró: era el mismo puente por el que accedieron. No debía de ser difícil de encontrar. El Seat Panda giró y tomó la dirección contraria a la que enfilaban un momento antes.

Las indicaciones fueron en vano. El recinto era un laberinto sin terminar. Y por esa misma causa, más difícil de resolver que el propio laberinto. Se toparon con calles cerradas por alambradas, por zanjas, por maquinaria. Seguían viendo el puente, pero cada vez más esquinado hacia la derecha. Las luces de las farolas remitieron. Habían avanzado tanto que parecía que estuviesen fuera del recinto expositivo y dentro de un polígono industrial.

Entonces sucedió. Un coche con las luces apagadas se encontraba a sus espaldas. Verdón lo supo en cuanto observó que el camino se cortaba. Al final de la callejuela de naves industriales en que se encontraban sólo se veía campo: un cartel descompuesto señalaba SEVILLA tanto a la izquierda como a la derecha. Pero no existía carril alguno en los laterales. El Desastres, decidido, salió del coche para escrutar aquel rótulo incomprensible. Las luces del vehículo que estaba tras ellos iluminó el cartelón con potencia. Verdón tembló en su asiento y el Desastres se volvió para gritar algún improperio. Salieron del coche tres individuos armados con unas barras de metal. Verdón los veía avanzar por el espejo retrovisor y tocó el claxon. El Desastres miraba la escena petrificado. No fue capaz de volver. Corrió campo a través, donde no pudiera alcanzarlo la luz.

El detective intentó huir. Con muchos problemas consiguió abrir la puerta. Pero para entonces ya tenía a tres matones bizcos sobre él. Empezaron a aporrear el coche del Poeta. Verdón no sabía si era preferible bajar o quedarse dentro. Una cosa u otra de nada le hubieran servido.

26

La inspectora Jimena Tornés llevaba diez meses destinada en la Comisaría Central de Sevilla. Para una mujer del Norte aquella ciudad le embotaba con mezcla de alegría y desorden. El mito de la Andalucía como espíritu de la charanga y pandereta se le aparecía a menudo ante sí. Muchos de los naturales del país, de ello presumían. Pero el territorio era lo bastante amplio como variado, y no todo eran faralaes y feria. Aquí la exuberancia se da la mano con la miseria, la alegría con la hondura negra. Ella venía de Palencia, ciudad adusta, y antes de Sevilla pudo recorrer Alicante, Tarragona, Toledo y Badajoz. Pero terminó en Sevilla: por qué solicitó aquel destino aún era un misterio.

Soltera y metódica, cargaba con vitola de marimacho, desde que se incorporó a aquella primera promoción en la Academia de Ávila allá por 1980. Pero ella seguía viéndose a sí misma casi como una novicia: las historias de amor breve transcurrieron en un gimnasio de su ciudad natal, y poco más. Un técnico informático de Alicante le hizo la corte durante meses. Una dietista extremeña le tuvo fijación enfermiza. Un oficial de un juzgado de Reus le dejó con la palabra «cariño» en los labios y un curso avanzado de catalán superado con nota. Andalucía era un paso más en su deambular, un lugar que supuso lo suficientemente distinto a su ciudad natal como para ofrecerle otra mirada sobre el mundo. Sus padres octogenarios vivían en Cervera de Pisuerga, ajenos al errar de Jimena Tornés. Por allí aparecía en Navidad. Su hermano, el que se quedó en el pueblo al cuidado de las propiedades familiares, y su cuñada, encargada de las obligaciones caseras que incluían dos padres, dos suegros y los tres sobrinos de Jimena Tornés, la recibían todos los años con sonrisas tibias.

En el pueblo, que una mujer hubiese decidido llevar su vida independientemente adelante, antes que entablar un matrimonio apañado, y además se metiese a policía, suscitaba coletillas y chismes sabrosos en las conversaciones por las calles del pueblo.

Cuando Jimena Tornés aparecía cada 24 de diciembre por las calles de Cervera, el frío castellano de su infancia se le metía en el tuétano con poderío. Se preguntaba cada año si aquello era necesario: volver a casa, besar a su madre, casi ida, en la frente; soportar los comentarios de su hermano y la mirada aviesa de su cuñada; y que sus tres sobrinos hiciesen mofa de sus cartucheras y rebuscasen su pistola reglamentaria entre las maletas y el neceser.

Eran las únicas vacaciones en que consentía volver al pueblo. Tenía cuarenta y dos años y las comadres de Cervera ya suponían que el vientre lo tendría reseco. De allí, ya no saldría nada. El viejo Tornés ya tenía suficiente descendencia en su hijo y sus tres nietos. La chica debió meterse a monja antes que a policía: ésa era la conclusión de los mentideros del pueblo.

Por eso Jimena Tornés no pedía más vacaciones que

las obligatorias, y le bastaban al cabo de un año dos o tres días en diciembre. Y eso satisfizo siempre a sus superiores. Un verano en Cervera habría sido inaguantable.

En su hábito cotidiano, cada día era un calco del anterior. Un coqueto apartamento en el barrio de la Macarena y una escasa relación con los compañeros de comisaría. La compra de unos tocinillos de cielo en la pastelería de La Campana y el alquiler de películas de vídeo: no precisaba más. A su contrastada profesionalidad unía una inmensa capacidad de cubrir los turnos de todos los compañeros necesitados. Se había convertido en el hada madrina cuarentona de cualquier incidente interno: Pepe López Catoni tiene a la niña mala y hora en el médico, Tornés cubre el horario; al inspector Salgado se le alarga la mudanza, Tornés cubre el horario... Finalmente, monigote al servicio de cualquiera, como la consideraban muchos dentro de la comisaría. Allí la llamaban los del mal ángel la Tortillera del Norte o Mariquilla la Camionera, y ella lo sabía. Pero, en el fondo, poco le importaba. Peor hubiese sido en el pueblo.

Por eso, cuando Salgado, sevillano de pro, le pidió libre aquella noche del jueves santo, no se negó. No tenía casi nada en la nevera y la oferta del videoclub era cada vez más aburrida. Sabía que una *madrugá* sevillana podría ser movida, que ella estaba algo pez en las costumbres de la ciudad. Poco le importó. Así que se preparó un sándwich de mortadela con aceitunas y a las seis de la tarde estaba sustituyendo a Salgado.

La tarde transcurrió sin grandes incidentes. Se personó en el barrio de Las Tres Mil Viviendas para calmar una trifulca ocasionada por dos familias que llevaban años rajándose mutuamente, y con escrupulosa alternancia, a parte de sus miembros. Supuso que aquella tarde, por lo que destilaba la calle, había evitado que los Manteca se anotasen otro herido de los Palanca. Eso le confortó, sobre todo cuando López Catoni, que salía de turno a las ocho de la tarde, le dijo que había bandeado muy bien el asunto. «Salgado la habría liado, Tornés», le dijo con una sensación de confianza que no admitía dudas ni le sonaba a guerras particulares de comisaría. «Es que Salgado no aguanta a los gitanos», remató chasqueando la lengua.

Cuando López Catoni abandonó la comisaría le hizo la recomendación: «Pásate por la Carrera Oficial. No conoces mucho de Sevilla, y nada vas a entender si no ves su Semana Santa. Y no te preocupes, si pasa algo, te localizan en seguida, y seguramente andes cerca... En Sevilla, y en Semana Santa, todo pasa por el centro: los tirones, los robos con navaja, las bullas y los malos rollos.»

Avisó a los compañeros de guardia y se bajó al centro en compañía de Lebrón, un jovencito de Utrera con la cara sembrada de espinillas, que llegó a comisaría al tiempo que ella. Los compañeros, que le habían cogido el aire a torearlo, le habían colocado la vigilancia aquella noche contra su voluntad. Apostada en el coche vio pasar las innumerables imágenes barrocas cargadas con fervor por los costaleros. Siguió con interés, al principio, el cortejo de nazarenos, Hermanos Mayores ataviados con traje de etiqueta, representantes del Ejército, del Ayuntamiento y de la propia Policía Nacional. El comisario Pombero le guiñó un ojo, desde la comitiva en que andaba incrustado, entre un obispo y un coronel.

A las doce de la noche sentía hambre y dejó a Lebrón al cargo del coche patrulla. Quedaba mucho por delante. Se apretujó entre la gente y alcanzó un bar abierto donde compró algo de beber. Llevaba puesto el uniforme, el que degradaba su cintura y sus caderas y que, siempre pensó, le daba aspecto de travesti. Engulló el bocadillo de embutido y una lata de Coca-Cola en mitad de la calle. El traje de policía tenía muy poco de femenino. En Cervera se habrían muerto de risa si la hubiesen visto de uniforme, fuese el de diario o el de gala. La corta melena rubia no disimulaba su aspecto. Una larga coleta o una trenza habrían dado un toque menos varonil a aquel disfraz.

Cuando volvió al coche patrulla las predicciones de López Catoni se hicieron añicos.

—Una paliza —dijo Lebrón, algo nervioso.

—¿Aquí cerca? —preguntó Tornés abriendo su callejero.

—No, cerca de la EXPO —dijo el guardia—. No mire usted el callejero, inspectora, toda esa zona es nueva y no aparece. Lo que no sé es cómo vamos a salir de aquí.

A medianoche, y estando en las cercanías de la calle Sierpes, una multitud enfervorizada les rodeaba.

27

Verdón abrió los ojos. Pero sólo pudo ver por uno de ellos. El ojo izquierdo era una pelota negra, que ningún espejo, por suerte, le podía mostrar. Por la blancura de las paredes se hizo a la idea de que estaba en un hospital. Notó una pequeña pinza asida al dedo índice de su mano derecha. Supuso que era el procedimiento de aviso a la enfermería. Lo pulsó varias veces. No supo el tiempo que transcurrió hasta que vio la cara de Desastres ante la suya. Intentaba recordar qué había ocurrido, pero su memoria se perdía en el laberinto del recinto de la EXPO '92. Las luces de un coche, el Desastres en mitad de la carretera y un tiovivo de ojos bizcos ante él. Ahora le miraban unos ojos desgraciados en el careto de su compañero, que forzaba una sonrisa.

—¿Qué ha pasado, Desastres? ¿Qué hago aquí?

—Estese quieto. —La mano de una enfermera apartó a su escuchimizado amigo con cariño impropio. Le metió a Verdón un termómetro en el sobaco y le ordenó silencio. Pasaron dos minutos, al menos, hasta que pudo volver a hacer la misma pregunta. Pero la enfermera llevó a Desastres hacia la puerta y sólo vio la cara bobalicona de su compadre desapareciendo por el quicio.

«Tiene que descansar, Ramón», dijo la enfermera. ¿Qué confianzas tenía Desastres en aquel lugar que le llamaban por su nombre de pila? ¿Estaba en Granada o en Sevilla? ¿O en cualquier otra ciudad a medio camino? Imágenes entre niebla le iban y venían. Le vencieron el sueño y el dolor de las articulaciones. Nunca había sido atropellado, pero tuvo la sensación de que el dolor debía de ser similar: repartido por todo el cuerpo.

Volvió a despertar. La luz que se hacía paso por las cortinas le anunció que el sol debía de andar por lo alto. Se fijó en el anagrama del camisón verde claro que vestía, junto al icono de la Junta de Andalucía figuraba la leyenda HOSPITAL DE LA MACARENA. Definitivamente seguía en Sevilla. Entonces, la peripecia había sido grave. El Desastres no pudo llevarlo más lejos. Si lo hubiese visto en condiciones tras la paliza, pues Verdón ya estaba convencido de que había sufrido una buena tunda, su amigo lo habría llevado a Granada. Reparó en que tenía compañía: a poco más de un metro, en una cama contigua dormía alguien. Por mal que estuviera no tenía derecho a una habitación particular.

La enfermera apareció con un médico. Lo auscultaron. Miraron radiografías por la luz de la ventana sin gran interés. Le desentubaron. Médico y enfermera no hablaban entre sí, todo lo hacían por gestos. Cuando estaban a punto de abandonar la habitación, el médico dijo: «No está tan mal... No tiene nada roto. Ha vuelto en sí. La policía puede entrar.»

Sentía que los dolores del cuerpo remitían. Sólo que el más leve movimiento le recordaba que, con toda certeza, no tenía hueso bueno. El hambre se le encasquilló en el estómago. Vio entrar de nuevo a la enfermera. Llevaba una bandeja entre las manos y supuso que sería su desayuno. Se equivocó: la chica fue hacia la cama contigua y tocó al enfermo adyacente en el hombro. Cuando el otro se giró, vio la cara del Desastres. Allí estaba, durmiendo. ¿O quizás había sufrido también el furibundo ataque de los bizcos y estaba tan ingresado como él? No le salían las palabras, pero sí el hambre.

—Tráele a él también, guapetona —dijo el Desastres. La enfermera, que no pesaría menos de ciento diez kilos, recibió con regocijo el cachete que le dio Desastres en el trasero.

—¿Hay hambre? —dijo el amigo, vestido de calle y metido en la cama. Supo que el Desastres no había sufrido la paliza, y se alegró.

—¿Qué ha pasado, Desastres?

—Que te dieron de hostias —farfulló con el cuerno de un cruasán encajado en la boca.

Quería hacer más preguntas, o pedir la mitad de la bollería al amigo, pero una señora vestida de policía se presentó de improviso ante él. Llevaba una corta melena rubia y el traje de policía no le favorecía nada. La mujer era rolliza y carnosa, le pareció una monja grande bien conservada. Cierto cansancio en el redondo rostro de la policía afloraba ante al escasez de maquillaje. Los labios, gruesos y sugerentes, se abrieron para decirle:

—Jimena Tornés, de la Policía Nacional, aquí en Sevilla —dijo la señora tomando la mano tonta del detective—. Se ha salvado de una buena, Matías Verdón. Los médicos dicen que no tiene usted ninguna fractura. En cuanto le limpien el ojo, nos puede acompañar a comisaría. Supongo que querrá presentar denuncia.

Verdón afirmó con la cabeza. Reparó entonces que seguía viendo por un solo ojo.

—Los espero fuera, a ambos —dijo la policía dirigiéndose también con mirada divertida a Desastres.

—¿Me dan el alta? ¿Cuántos días llevo aquí, Desastres? Pero ¿qué ha pasado? Sólo recuerdo a unos tipos bizcos amenazándome con barras de hierro... y... —La cabeza de Verdón empezaba a repasar extrañas fotografías—. Eran los bizcos que acompañaban al Chino..., ¿y tú, Desastres?... Tú estabas corriendo campo a través, cabrón. —La mente de Verdón encuadró la imagen del compañero huyendo del lugar de la refriega mientras las barras de hierro amenazaban su cráneo.

—Tampoco es así, como lo dices... —El Desastres le ofreció el medio cruasán, ofertando la paz. Se decidió por la verdad—. Vale que me fui por patas, coño, que aquello daba jindama. Pero no le digas nada a Sensi.

—¿Quién coño es Sensi? —bramó Verdón, incorporándose, no sin dolor y dejando sus canillas al aire, bajo el camisón del hospital.

—Joder, la enfermera. La chavala tan amable que me ha traído el desayuno. Me ha dejado dormir aquí dos noches, y la última, juntitos un rato..., como tú estabas grogui... No le digas que me fui corriendo, por favor, que piensa que te salvé la vida...

—Cago en la leche, Desastres. —Verdón se quejó de algún hueso—. Anda, ayúdame, la inspectora esa ha dicho que tenemos que ir a comisaría, esto hay que aclararlo. Y a la policía no le vamos a contar que tú me salvaste la vida: le diremos que fuiste un cagón que se fue de naja en cuanto empezaron a torturarme. Cabrón. Dile a tu amiga que me limpie el ojo: no veo una mierda y duele.

El Desastres se incorporó de la cama y salió al pasillo. En el armario pudo Verdón descubrir su ropa. No era la que llevaba la noche de autos. Por lo desordenada que estaba dedujo que el Desastres la habría traído del hotel. A veces el compadre se merecía que le quisieran, aunque dejase a su mejor amigo, y jefe, a merced de unos desalmados.

Sensi le limpió el ojo y un médico certificó el alta. Cuando Verdón salió cojeando de la habitación, el Desastres hablaba al oído de la enfermera al fondo del pasillo. En cuanto el detective lo tomó del brazo le pareció que el colega soltaba un beso al aire dirigido a la enfermera.

—Entonces ¿hoy es sábado? —dijo Verdón apoyándose en el amigo.

—Sábado de gloria y... sábado, sabadete. Me habría venido mucho mejor que te hubiesen dado el alta mañana. La Sensi está a punto de caramelo...

—¿Otra, Desastres, otra y otra? No hay día que no mojes... Siempre piensas en lo mismo. Ya está bien, Desastres, coño, ni estando yo muriéndome vas a hacer las cosas en condiciones.

—Muriéndote, tanto como muriéndote... Oye, que yo he estado viendo los partes de los médicos y, además, Sensi te ha tratado a cuerpo de rey. Yo ya tengo mis influencias —dijo ufano el Desastres—. Y no tienes nada. Me he visto todas las radiografías. Excepto ese ojo a la virulé, nada roto. Te han pegado una paliza, y punto. Y tú te haces la víctima. No es para tanto. Además, son gajes del oficio, por eso tú cobras más que yo...

—No tientes al diablo, Desastres.

—Bueno, estás vivo, ¿no? Yo he hecho de héroe. En cuanto los tipos se marcharon me las apañé para llamar a la policía, y no fue fácil en aquel descampado. Diez minutos más y lo mismo te quedabas en el sitio... Estuve al quite y así me lo agradeces.

—Desastres, esto no ha sido nada: si mi paliza es poca

cosa, tu heroicidad es una mandanga. No vas a tener de qué presumir en el bar.

—Bueno, pero podía haber sido una mayor desgracia. —El amigo desgañitó un quejido—. Coño, nunca estás conforme.

Verdón se guardó la rabia y se rebuscó la cartera. No quería discutir. Era mucho mejor que él solo se hubiera llevado los sopapos a que hubiesen sido los dos.

—Mal de muchos, consuelo de tontos —dijo en voz alta—. ¿Y el coche? —preguntó como teniendo una alucinación.

—Para el arrastre. Lo dejé ayer en un cementerio. No sé qué le vamos a decir al Poeta.

—«Le vamos», no —remarcó Verdón—. Será qué le vas a decir tú al Poeta. Yo quería venir en coche de alquiler. Tú te trajiste un coche sin seguro. Es asunto tuyo: te libraste de una somanta en Sevilla. Pero no te vas a librar en Granada.

28

Tomaron un taxi en la puerta del Hospital camino de la comisaría. Repasaban lo ocurrido la noche del jueves. El Desastres le confirmó su débil memoria, que andaban perdidos por el recinto de la EXPO, y que cuando llegaron a una bifurcación imposible, él se bajó del coche. Luego vio acercarse a tres tipos con barras de hierro. Le atrapó el miedo. Echó a correr y estuvo oculto en un maizal al menos durante diez minutos. Oyó muchos gritos, entre ellos las quejas de Matías Verdón. Le dolía oír cómo se lamentaba su compañero del alma, pero, de acojonado que estaba, no pudo levantarse. Por un momento le pareció que iba a cagarse encima, así lo dijo, y cuando los gritos callaron y las luces del coche desaparecieron volvió a la calle, ya vacía.

Matías estaba con medio cuerpo fuera del coche y el automóvil era un desperdicio. Notó que el compañero respiraba y empezó a correr como un poseso por aquellas calles. «De verdad, Matías, que hubo un momento en que pensé que te me morías, aquí en Sevilla. Con Granada tan lejos.» Verdón cortó la melancolía de Desastres y le pidió que continuase el relato. Corrió por las calles, hasta que encontró una nave con las luces encendidas. Aporreó la puerta y cuando le abrieron unos operarios pidió una ambulancia. Luego llegó la policía, la Cruz Roja y toda la pesca. El Desastres se fue para el hospital en la misma ambulancia. Verdón imaginó las lágrimas y las babas de Desastres.

—Muy mal, lo he pasado muy mal, Matías..., pensé que te me ibas.

—Te creo, Desastres. Te creo. —Verdón relajó el semblante—. A la policía se lo vas a contar tal que así.

—Ya se lo conté *tal que sí.*

—Pues si te vuelven a preguntar, lo cuentas tal que así. Pero ni palabra del asunto que nos trajo aquí. No habrás dicho nada, Desastres, ¿verdad?

—Qué coño voy a decir..., si no me he enterado de nada todavía. Tampoco me han preguntado.

El taxista, tras dejar la calle Resolana, giró a la izquierda y los dejó en la puerta de comisaría. Verdón pagó al taxista, que, sorprendido por la conversación, susurró:

—La cosa está cada vez peor. Tres compañeros apuñalados en los últimos meses. Usted ha tenido suerte: ándense con cuidado.

Verdón agradeció la solidaridad y arrastró a Desastres tras de sí hacia la puerta de comisaría.

—Si estamos juntos, hablo yo, Desastres. Esta gente no sabe quién soy ni por qué estoy aquí. Son mis cartas. —El Desastres enmudeció.

Preguntó en el mostrador de entrada por Jimena Tornés, inspectora. Un policía gordinflón les pidió los carnés de identidad. Desastres sólo llevaba el permiso de conducir, caducado. Le valieron al guarda los documentos, aunque recomendó al Desastres, sin muchas ganas, que hiciese lo posible por renovárselo. Les colocó dos tarjetas prendidas de unos imperdibles con la leyenda VISITANTES y les señaló el ascensor. «Segunda planta, pasillo de la derecha, al final a la izquierda.» Siguieron las instrucciones.

La comisaría no era como la del Campillo Alto, en Granada, donde visitaban a Domínguez. Recién pintada, anuncios de ayuda y colaboración con la policía decoraban las paredes, fotos de modelos amables anunciando la policía de barrio, avisos de apoyo a las denuncias de malos tratos y carteles con rostros de etarras en busca y captura: como si fuese un *western*, algunos de ellos tenían sobre la cara líneas de rotulador simulando una cárcel.

Jimena Tornés no llevaba el traje de policía, y a Verdón hasta le pareció hermosa. Un amplio traje crudo, casi de verano, cubría sus carnes. Fue muy amable al rogarles que tomasen asiento.

—Señor Verdón —dijo—, me alegro de que se le vea tan repuesto.

—Aún me duele todo el cuerpo.

—Se le pasará, casi todo tiene cura. —La inspectora colocó la máquina de escribir ante ella—. Supongo que presentará usted denuncia del asunto. Nos ha dicho su compañero que vienen ustedes de Granada. Vaya visita...

—Sí. Pero creo que tenemos que hablar de algo más. —Verdón decidió confiar.

El Desastres salió al menos tres veces a buscar café durante las dos horas que duró la conversación entre la inspectora Tornés y Verdón. Se perdió gran parte de la charla, pero cada vez que volvía, tenía la sensación de que Matías parecía intimar con la policía. Lo achacó a su mente calenturienta.

Verdón puso a la inspectora al corriente de casi todo. Recordaba con nitidez a los bizcos flanqueando la puerta de entrada del Círculo Ganadero, y no le cabía duda de que don Norberto le había azuzado a sus perros. Echaba de menos en aquel escenario al Chino.

—Repasando —dijo la inspectora Tornés levantándose y haciendo menear sus caderas por la habitación—. Usted es detective privado, y viene aquí en busca del culpable de un asesinato. Mete las narices en casa de don Norberto García, el ganadero, y le dan una paliza. Le faltan datos que soltar, Verdón. Algo se le ha olvidado contarme.

Verdón sabía que a aquella mujer no se le iba a escapar detalle. Puso casi todas sus cartas boca arriba sobre la mesa: su descubrimiento de las gemelas, la contratación por parte de don Sebastián, su cena con Norberto García, su temor al Chino... Jimena Tornés tomó nota concienzudamente.

—Esto ya tiene más sentido, Verdón. Yo no quiero entrometerme en sus labores. A mí me parece muy bien que usted desempeñe su trabajo. Pero creo que ha dado en hueso. Y esta paliza ha sido el primer aviso. Creo sinceramente que usted corre serio peligro. Le pondré bajo vigilancia. Y obvio decir que he de ponerme en contacto inmediatamente con la policía de Granada... —Verdón sintió un escalofrío.

—¿Qué compañero dijo que lleva el caso? —preguntó la inspectora Tornés con el teléfono en la mano.

—Creo que el subinspector Domínguez —dijo Verdón, casi balbuciendo.

»Que Dios nos coja confesados, guapa —dijo en voz muy bajita.

29

Volvieron al hotel. Matías Verdón durmió seis horas consecutivas. Fue la voz del Desastres la que le despertó al teléfono: «Te tienes que hacer la cura del ojo, pirata.»

El compañero, por supuesto, lo acompañó al hospital. Fueron andando, pues el paseo no era largo. Olía decididamente a azahar, Sevilla hacía gala de una de sus famas en primavera. La decepción de Desastres fue mayúscula cuando no fue Sensi quien se dedicó a limpiar el ojo tumefacto de Verdón. Abandonó la sala de curas y deambuló por el edificio buscando a la muchacha. Tenía el día libre, le dijeron. Rato después, Verdón volvía solo hacia el hotel con el ojo algo más sano. Comió unas tapas de menudo y boquerones fritos en una taberna, que hacía esquina con la Alameda de Hércules. Repuestas las fuerzas se tomó el resto del día libre. Decidió volver a dormir mientras su colega seguía buscando a su dulcinea. Matías Verdón estaba convencido de que el Desastres daría con el paradero de Sensi costara lo que costase.

Había dormido otras dos horas cuando sonó el teléfono. Eran las diez de la noche del Sábado de Gloria. Al otro lado del cable percibió la voz suave de la inspectora Tornés. Le ofrecía cenar juntos. Aunque ella era consciente de lo tardío del convite, hacía una eternidad que Verdón no recibía la invitación de una mujer a cenar. Ni a cenar, ni a nada. Así que prometió estar en cinco minutos en la puerta del hotel. «Tardaré un poco más», dijo la inspectora en tono divertido.

Dejó una nota para Desastres en recepción y reparó en que aquello se estaba convirtiendo en una rutina. El señor Antolín no había vuelto, le confirmó la recepcionista, y dejó un papel garabateado que comunicaba al amigo su cita con la inspectora. Hojeó panfletos de diversiones nocturnas sevillanas, tablaos, terrazas junto al Guadalquivir, teatro de vanguardia y capeas privadas. Se tanteó el parche del ojo y se miró en el espejo. No le quedaba mal, le daba cierto aire de corsario o de héroe. En el Bar Gabriel lo habrían jaleado. Calculó si volvería a Granada tuerto. Supuso que sí. Lo del ojo iba para largo.

La inspectora tardaba más de lo que presumió. Habría tenido tiempo suficiente de esmerarse en su aseo y haberse dado una ducha. Seguramente ella no acudiría a la cita en uniforme. A punto estaba de pedir las llaves para volver a la habitación y adecentarse cuando la recepcionista le pasó una llamada. Don Sebastián Aragón Acosta al teléfono. Verdón se dirigió a un locutorio ubicado en el propio *hall* del hotel.

—¿Qué ha ocurrido? —dijo la voz sentenciosa del psiquiatra—. Llevo dos días detrás de usted. También le dejé recado a su ayudante. Pero ni mu.

—He metido la nariz donde no debía. Me encuentro algo contusionado, aún haciéndome curas. He dejado el hospital pero sigo convaleciente. Perdone usted... —Las excusas no le parecieron bastante efectivas.

—Pues póngame al tanto. Para eso le pago.

Verdón barajó sus cartas. Era un buen cliente. No debía espantarlo. Recapacitó.

—En estos momentos estoy esperando a una inspectora de la comisaría de Sevilla. Me pondrá al tanto de qué saben aquí. Al parecer he metido el dedo en algún avispero. Y por eso unos tipos han intentado quitarme de en medio. He estado muy cerca de la hermana: Remedios para más señas. Pero la paliza ha trastocado los planes. Usted quiere saber más sobre esta hermana suya, ¿no es cierto? Y eso voy a hacer. Por lo pronto puedo decirle que es profesora de natación en un club de Sevilla. Pero es cuestión de tiempo, de muy poco tiempo, que relacionen a Remedios con el asesinato.

—No está mal, Verdón. ¿Desdeña entonces que el señor Romero sea el asesino? ¿Pretende decirme que una hermana mató a una hermana? ¿Ella ha ordenado su paliza? Mañana estaré en Sevilla. En su mismo hotel. Y espero que me conduzca a ella. Añada otras trescientas mil a su cuenta si consigue localizarla. Si la encuentra para mí. Y si todo cuadra, si consigue vincularla con el asesinato...

Verdón se frotó las manos cuando colgó el teléfono. Tuerto y todo, el asunto pintaba mejor que nunca. Y el cliente seguía enredándolo todo. La promesa de ingreso le proporcionaba la certeza de que sería imprescindible montarse cierta guarda personal. Pidió a la recepcionista la nota que había dejado para Desastres y cambió el contenido: «Busca guardaespaldas. Dos o tres. Mañana viene el cliente. No quiero que le den de hostias. Que sean de calidad, pero ajusta bien las tarifas.» En cuanto entregó la nota observó un coche parado en la puerta. La cabeza de Jimena Tornés apareció al otro lado del automóvil haciéndole señas. Avanzó hacia ella. Vestida de noche le pareció muy hermosa. Tenía cierto aire a Rita, pero más independiente, carnal y voluminosa.

La mujer sonrió muy animada. Tampoco ella tenía muchas citas últimamente, presagió Verdón. Condujo el coche hacia las afueras de Sevilla. Pararon en un ventorrillo muy agradable. «Es de lo poco que conozco de Sevilla y alrededores», dijo Jimena entre risitas, y en seguida pidió una ensalada de pimientos rojos y carne de monte para compartir.

Hablaron de casi todo antes del postre. Verdón confesó parte de su historia privada. Jimena, la aburrida vida propia. Se cayeron bien y el vino de Rioja hizo el resto. Cuando los cafés aparecieron por la mesa, Jimena le desveló el asunto de la cita.

—Aparte de que me apeteciese charlar contigo... —dijo con voz sensual—. Pero es que mañana vienen los compañeros de Granada. Y por lo que les he comentado esta mañana, la cosa no les agrada. Aunque le caes muy bien a Domínguez, supongo que lo sabes.

Verdón se bebió el café de un trago.

—No habrás captado la mala *follá* granadina —comentó—, habrá querido decir lo contrario. —Pidió al camarero un brandy e hizo un ofrecimiento a su acompañante.

—Nada, yo no quiero nada. He bebido bastante. Tienes que entender que a la policía no nos gusta que alguien ajeno esté en nuestros asuntos. Pero, bueno, no sé por qué te digo esto, tú lo debes de saber mejor que yo... —Jimena se dio una palmada en los fuertes muslos y Verdón se sonrojó—. Por lo que dicen en Granada eres un hacha. Tengo algunos conocidos allí. Ernesto Curiel, por ejemplo. Hicimos juntos la Academia. Es algo más joven que yo... Lo conocerás, lleva asuntos de investigación criminal. Pruebas, huellas y esas cosas... —Jimena esperaba alguna respuesta de Verdón. El detective afirmó, conocía a Curiel. No era un amigo, pero cualquiera que le tocase bien los cojones a Domínguez era santo de la devoción de Curiel—. Ernesto me ha hablado muy bien de ti. Pero el motivo de esta charla es el siguiente: tú tienes mucha información de primera mano. Está claro que nos encontramos ante un caso de asesinato al que tú has sabido darle su dimensión. Para nosotros la hermana es, desde esta noche, la sospechosa. Una sospechosa que está en Sevilla y una víctima que está en Granada. La correa de transmisión, digamos, eres tú. Y no te quiero dejar fuera del caso. El comisario Pombero tendrá que entenderlo.

Verdón sonrió apurado. Eran demasiados elogios por parte de una mujer bonita. Aquello le daba la oportunidad de quedar mucho mejor de lo que esperaba con su cliente. No traicionaba la confianza de Jimena si aceptaba el ofrecimiento y se guardaba para sí ciertos descubrimientos. El mundo le parecía mucho más feliz aquella noche en un ventorrillo de la Ruta de la Plata.

—Por lo que entiendo quieres tenerme al corriente de la investigación y que, a cambio, os proporcione información, o simplemente mi opinión...

—Algo así. Se lo he comentado al comisario, nos llevas varios días de ventaja. Nos conviene tenerte cerca. Podrás participar de los resultados de la investigación, te pondremos al corriente cada día. A cambio, tú opinas y si hace falta nos haces algún trabajo. Nada peligroso. Ya te has llevado bastante con la paliza. Pero necesitamos comprobar muchos cabos: ¿quién es ese chino del que hablas? ¿Y esos bizcos? ¿No pudo ser cualquiera de ellos quien cometiese el crimen de Granada? ¿Estás convencido de que Remedios está en ese cortijo que dices? ¿Pudo ser ella? ¿Hasta dónde está implicado don Norberto? Y además, no me creo que me hayas dicho todo: esto no tiene nada que ver entre tú y yo, Verdón. Estoy convencida de que aún me ocultas algo. Y lo más conveniente es que empecemos a cooperar.

Jimena le había hablado desabrochándose el botón superior de la camisa. Verdón intuyó que la cooperación empezaría aquella misma noche.

30

Para ser la primera vez, Verdón no quedó nada satisfecho. Achacó al Rioja, a los huesos contusionados y las tres copas de 103 que no respondiese en la cama como hacía antes. «Ya no tienes treinta años, Verdón», se dijo cuando abrió los ojos y comprobó que Jimena ya no estaba en la habitación. Se metió en la ducha. Debía haberlo hecho la tarde anterior, indefectiblemente. Tuvo que disimular en más de un abrazo. La noche anterior le parecía que olía a oso y que Jimena postularía cualquier excusa para marcharse de aquella habitación de hotel. No sucedió, pero el olor de oso no se le arrancaba de la memoria. La mujer olía a agua de colonia fresca y a algún desodorante que le recordó a los suavizantes de la ropa.

Tuvo dos gatillazos, pero a cambio ofreció mucho cariño de hombretón sensible y magullado. No hizo nada que ella no quisiera, el cuerpo tampoco le respondía. Quedó como un caballero, todo un caballero cincuentón, sostenido por la galantería que da la experiencia. Con esa impresión bajó a desayunar. Era Domingo de Resurrección: un título apropiadísimo. Jimena lo había citado en su despacho a las once de la mañana. Tenía tiempo de localizar a Desastres y trabar una cita con don Sebastián Aragón.

Impoluto, con traje blanco de lino, don Sebastián daba cuenta de un zumo de naranja y unas tostadas de aceite con jamón york en el restaurante del hotel. Invitó a sentarse a Verdón con excesiva amabilidad. Verdón pidió su desayuno: café con leche y madalenas. Don Sebastián estaba expectante. Se había enrolado en la aventura.

—Tengo que reflexionar sobre todo este asunto y repasar mis notas. Espero verlo de nuevo a las cinco y que me informe de los avances policiales. A la luz de un caso de gemelos monocigóticos, como creo intuir, puedo aportar algunas conclusiones interesantes. Pero resulta imprescindible que usted me lleve hasta ella. Me tiene que llevar al sitio donde la vio, el cortijo ese. Donde vivía Sacra... Tengo que hablar con ella. Es imprescindible. Puedo ofrecerle claves que la impliquen en el asunto, que le aclaren las ideas y le sostengan las conclusiones, Verdón —dijo don Sebastián con autoridad.

—Demuestra usted un gran interés en esclarecer este asunto. Es admirable. Puede ser que su ayuda me venga bien. Tengo que estudiarlo. Su aportación puede ser trascendental. Pero tengo que ir con cuidado, el tal don Norberto es de armas tomar. —Verdón reparó en el mayúsculo parecido de don Sebastián y don Norberto. La pobre Sacramento parecía reproducir un esquema. Verdón sintió un escalofrío cuando pensó en las posibles relaciones sexuales del tío Norberto y cualquiera de aquellas chavalas gemelas—. No podremos entrar allí. Sería allanamiento de morada. Pero haré lo que pueda. Aunque en muy poco tiempo la chica estará en busca y captura, la han enfilado y estarán a la espera de la orden judicial. Como es domingo, la cosa se retrasará. Pero si acaso le consigo una cita, mis hombres andarán cerca.

Verdón se sentía exultante. Tenía que pasar por el hospital para la cura y tenía el tiempo justo. Había dicho «mis hombres» con convicción de película de mafiosos. Progresaba, ahora tenía un pequeño ejército a su servicio. Si es que Desastres había cumplido su cometido. Se encaminó a recepción dejando a don Sebastián sobre ascuas. Le pareció un profesor chiflado que buscaba una pieza única de mariposa. Quizá sólo Verdón mantenía la cabeza despejada y el corazón receptivo: Sacramento García era una persona y su hermana gemela, Remedios, también. No eran piezas de coleccionista. Ni números de DNI como le parecerían a la policía. Ni las sobrinas oscuras de un lord malvado. Reparó en que no había podido abundar en la relación entre las sobrinas y don Norberto. ¿Qué se ocultaba en aquella casa? ¿Por qué tuvo, de pronto, aquel repelús cuando el sexo cruzó su mente y se imaginó a don Sebastián transformado en don Norberto rodeando el cuerpo de Sacramento García? O de Remedios García, lo mismo daba: cuerpos iguales.

En la puerta del hospital estaba Desastres. Le acompañó a la sala de curas, y entre tanto, le puso al corriente:

—He fichado a un conductor de ambulancias y dos celadores.

—Coño, Desastres, tendrán trabajo aquí. Necesitamos gente las veinticuatro horas.

—Lo que les he prometido pagar, que no es mucho, ya les compensa. Se escaquearán del curro. Cinco talegos al día les he ofrecido. Está bien, ¿no?

—Si van a estar disponibles, está bien. Pero no quiero que me vengan con gaitas de que tienen faena y no están en lo que tienen que estar. —Verdón se quejó cuando la enfermera le retiró el esparadrapo.

—Pues me dices cuándo y dónde tienen que estar. Son de fiar. El conductor es hermano de Sensi. Y uno de los celadores, su cuñado.

—Veo que encontraste a la damisela —dijo Verdón sonriendo con el agua oxigenada corriéndole por la cara—. Por lo pronto quiero a uno en la puerta del hotel, siguiéndole los pasos a don Sebastián. Vigilándolo de cerca. Quiero saber todo lo que hace. Al conductor lo quiero en la puerta, por si acaso. Eso sí, que me lleve a comisaría antes. Y tú, Desastres, coordinando el operativo, atento. Nos estamos metiendo en asuntos gordos. No quiero otra paliza. Y me buscas una grabadora. Ya te contaré para qué.

El conductor parecía estar borracho. Pero tenía coche: era una ambulancia. Recorrieron el corto trayecto entre el hospital y la comisaría con la sirena a toda leche. Verdón ordenó parar en una calle trasera. No quería presentarse en comisaría bajando de un vehículo público que, desde aquel momento, tendría uso privado.

Desastres lo acompañó hasta la puerta:

—Lo de la ambulancia no me hace ni puñetera gracia, Desastres. ¿Cómo vamos a hacer un seguimiento serio con una ambulancia? ¿O una persecución?

—Joder, Matías, desde luego, nunca estás conforme: a nadie le llama la atención una ambulancia, así que para seguimientos, fetén. Para una persecución ponemos la sirena. Y además, tiene seguro. Pagado todo por el Servicio Andaluz de Salud.

Verdón entró en comisaría meneando la cabeza. Nunca llegaría a comprender de dónde obtenía Desastres sus argumentos. Siempre lo dejaban atónito y sin saber qué responder. Era una extraña habilidad de aquel tipejo, tan poca cosa y con tanta destreza para darle la vuelta a la tortilla. Le ordenó que volviesen al hotel y no perdiesen puntada de los movimientos de don Sebastián Aragón.

—Ante cualquier rareza, me echas el teléfono a comisaría. Esperáis mis órdenes. Y la tal Sensi, ¿te hará perder mucho tiempo hoy? —El detective miró con reproche al amigo.

—Descansó ayer. Hoy tiene turno. Pero, oye, que yo soy un profesional, chaval.

31

La reunión comenzó a las once en punto. Se reunieron en una sala espaciosa. Domínguez lo saludó con un gruñido. Machuca le dio un suave apretón de manos. Estaba claro que el subinspector no aprobaba que Verdón estuviese allí. Jimena Tornés hizo las presentaciones: por parte de la comisaría de Sevilla, ella estaría al frente del caso y Lebrón como su ayudante. El jovencito utrerano se estaba sacando un moco cuando lo presentaron al equipo. Las dudas de Domínguez salieron en un bufido.

—Esto es la leche, inspectora —bramó Domínguez—. ¿Éste es el equipo? Un niñato con espinillas, un tipo que no es de la policía y usted... ¡Coño! Para una emergencia...

—Confío en la valía de ustedes dos, subinspector, y en la del resto del equipo. Y quiero que recuerde que mi grado superior me confiere la competencia para hacer o deshacer este equipo como a mí me venga en gana. —Jimena Tornés habló con convicción—. Hay que saber trabajar en equipo, Domínguez. ¿No le enseñaron eso en la Academia?

El frenazo a Domínguez suscitó la sonrisa en Machuca, que miró con complicidad a Verdón y con cautela a la inspectora. Domínguez procedía de la vieja escuela. De cuando no pedían siquiera una altura mínima para entrar a formar parte de la policía. No sabía lo que era una Academia. Seguramente, de no existir una denominada policial, lo consideraría algún lugar peligroso donde se reunían izquierdistas. La línea paterna de Domínguez se perdía en un árbol genealógico de las Fuerzas de Seguridad del Estado. Antes que él su padre, y antes que su padre su abuelo, habían servido a la patria desde los más diversos puestos. «Ahora, tanta Academia y tanta leche sólo sirve para que los niñatos, sin los cojones bien puestos, entren en la Policía. Digo, hasta las tías se meten a policías. Esto es un sin Dios.» Ése era el discurso, a grandes rasgos, que soltaba día sí y día también en el bar de su perdición, ante unos parroquianos dispuestos a seguirle ciegamente si fuese él quien encabezase un golpe de Estado. Aquella reunión con dos zangolotinos, uno de ellos el insoportable Machuca, una tía que se daba aires de grandeza por haber pasado por la Academia, y como remate, el gilí de Verdón, era demasiado para él. Le rebajaba a la categoría de mandado y cabrón. Y en Sevilla. Se mordió la lengua cuando la inspectora Tornés empezó a trazar las líneas de investigación:

—Los informes de Curiel, de Granada, están sobre la mesa. Usted también tiene que verlos —dijo a Verdón, que le pareció apreciar un guiño que nadie vio—. Al parecer no hay ningún rastro relevante en el escenario del crimen. Las huellas están en estudio, cotejando, un proceso lento. Y están los dientes arrancados, allí mismo, que aparecieron como sabemos en la habitación del primer sospechoso: un interno. Pero lo que está claro es la circunstancia que el señor Verdón ha venido a iluminarnos. A las cinco y media fija el forense la hora de la muerte. A las siete el cuerpo de la doctora Sacramento García es encontrado por uno de los celadores. Poco antes de esa hora, cuando aún no se había dado la alarma en el hospital, el guarda de la puerta jura y perjura que la doctora abandonaba el edificio. Parece ser que la policía de Granada no reparó en el hecho: lo achacó a un asunto de fantasmas, locura, el sitio era propicio... Matías Verdón nos informa de que la doctora Sacramento tenía una gemela, ahí están las fotos. —Domínguez manoseaba las fotografías poniendo cara de circunstancias: otra vez Verdón le había ganado de calle—. No hay que ser muy listos para suponer qué ha ocurrido, ¿qué piensa usted, Domínguez?

El subinspector salió de su rabia interior:

—Que esta hija de puta se cargó a su hermana. Y pudo salir tranquilamente: el guardia no estaba loco, pensaba que salía la doctora, pero salía la otra.

—Puede ser, o simplemente pasaba por allí. Es una hipótesis de trabajo —dijo la inspectora—. Sabemos perfectamente de quién se trata, y el detective Verdón nos ha facilitado la dirección donde posiblemente se encuentra. Es imprescindible un interrogatorio. Nuestros vehículos ya están vigilando tanto el domicilio de residencia como su lugar de trabajo. Por ahora no ha habido ningún movimiento. La última persona que la entrevió —la inspectora remitió al informe de nuevo— fue el señor Verdón en el Círculo Ganadero. Eso fue la noche del jueves. En cuanto llegue la orden judicial procederemos al registro. La esperamos para hoy mismo. Estos días de Semana Santa estaban todos de vacaciones... —Jimena dijo las últimas palabras con un deje de desaprobación—. Acudiremos todos al registro. He dicho todos, Domínguez. Y quiero encontrar a esa mujer.

—¿Se ha previsto que haya podido abandonar el país? —preguntó Machuca.

—No, si lo ha hecho con su nombre —contestó Jimena ágil—. Los compañeros tanto en los aeropuertos cercanos como en la frontera del sur cuentan con su descripción.

—Pero ha podido marcharse en coche —añadió Domínguez.

—Desde que vigilamos, nadie ha salido ni entrado de la casa. —La inspectora Tornés rogó que se leyesen antes el informe—. Pero no podemos desdeñar esa opción. Muchas respuestas a estas preguntas ya están ahí. El otro vínculo de nuestra investigación es Norberto García, tío de las hermanas gemelas, al parecer. Nuestra brigada está recopilando información. Es un tipo conocido en la esfera de la gente bien de la ciudad. Pero salir en la prensa guapa no supone que tengamos más información sobre él que la que tenemos de cualquier otro ciudadano. Hay algunas lagunas. Es sospechoso tanto que la hermana estuviese en el psiquiátrico el día del asesinato como que el tío ni se haya preocupado por la fallecida. ¿Tienen algo que ocultar? Pronto les informaré de por dónde van los tiros. Por las informaciones prestadas por el detective Verdón, no debemos desdeñar que Norberto García esté implicado en el asunto. —Tornés dulcificó su tono—. Parece ser que fue él quien ordenó la paliza, que todos ustedes conocen, a nuestro amigo. El registro nos facilitará también esta cuestión. Tenemos que añadir el registro previsto de un apartamento en el barrio de Los Remedios. También estamos a la espera de la orden judicial. Léanse el informe. Dentro de dos horas nos volvemos a ver aquí. Lebrón, usted hable con López Catoni, a ver si las órdenes de registro están disponibles y si al fin tenemos más datos sobre los sospechosos. Quiero el informe dactilar.

Salieron de la habitación tras el paso atolondrado de Lebrón. Machuca se empapaba del informe y Domínguez hizo un amago de golpear a Verdón en su ojo bueno.

—Los dos tenían que haberte destrozado, Matías —dijo, lo que debía interpretarse como una broma. Jimena Tornés esperó a que el subinspector abandonase la sala y chistó a Verdón.

—No te vayas, Matías —dijo con ternura—. Tenías razón, Domínguez no te tiene ningún afecto. Aún no conozco a los andaluces: nunca sé cuándo hablan en serio y cuándo bromean.

—Somos muy particulares, pero no se lo eches en cara. Domínguez y yo nos conocemos desde hace mucho. El roce hace el cariño —comentó con malicia—. Aunque sea a su manera. Los tiempos cambian y él no. Por eso siempre anda con el paso cambiado. Pero es un buen policía. Cuando avista la presa no la suelta.

—Es del tipo de individuos que nunca he querido tener cerca. En fin, espero que las órdenes de registro lleguen cuanto antes. Llevo toda la mañana y todo el día de ayer presionando al comisario. No le ha hecho mucha gracia que te haya unido al grupo, pero se lo ha tenido que tragar. —Tras una leve reflexión, cambió su tono y miró alrededor, nadie los veía ni los escuchaba—. Esta noche te has portado, campeón, lesionado y todo. Habrá que repetirlo.

Y le dio un beso en los morros.

32

Azumamaro estaba sorprendido de la reacción del oni. Siguiendo las instrucciones de don Norberto, había indicado a los tres bizcos lo que debían hacer. El detective merecía tal susto que le obligase a marcharse de Sevilla y no pensar en volver. Lo habían pillado cerca de la EXPO y le dieron una buena paliza. El coche había quedado destrozado. Debía acompañarlo algún otro individuo, dijeron, pero durante la soba ni apareció por el lugar. Comunicó inmediatamente a don Norberto el resultado de la acción y recibió las siguientes instrucciones: el oni no debía abandonar la casa, ni siquiera salir al porche. Quedaría confinada en su habitación mientras don Norberto apañaba una solución a un asunto que escapaba al entendimiento de Azumamaro. Debía hacerse con toda la documentación de la muchacha y llevarla consigo. Además, se suspendían todos los trabajos en la propiedad. Tanto el mayoral como el resto del personal se podían tomar unos días libres, que las jornadas festivas justificaban de sobra. Él no volvería por el momento. Azu y Remedios convivirían en la casa hasta que el amo diese nuevas indicaciones.

Don Norberto pidió luego hablar con la señorita Remedios y Azu pudo oír los gritos del Diablo: ¿acusaba al dueño de la casa de la muerte del Ángel? Por eso, que Azumamaro ordenase al oni encerrarse en su habitación hasta nueva orden y que éste no reaccionase con violencia le pareció sumamente extraño. Algo había sucedido, no había duda. Se fraguaba una huida, aunque Azumamaro no sabía a quién incluía. Palmariamente se había cometido un delito en el que debía de estar implicada la señorita Remedios. Un delito, que juzgó Azu, era una orden de don Norberto.

Había suficientes reservas en la despensa y Azu despidió a la cocinera. Así estuvieron hasta el tercer día: el japonés preparaba la comida y la subía a la habitación del oni. No cruzaban palabra. No comía. Remedios parecía enloquecer, de manera callada. El silencio estaba corroyendo al Diablo. Pero para Azumamaro, era incomprensible que el Ángel no hubiese aparecido. Si es que algo tan grave sucedía, consideraba el sirviente, sólo la señorita Sacramento podía sembrar cordura. Pero no hubo noticia. Y los gritos nocturnos del Diablo le hicieron temer lo peor. En sus pesadillas decía que había muerto un ángel. Azu consideró que si el Diablo había sido capaz de tanto, también podría matarlo a él. Se sintió acorralado. Don Norberto ni se acercaba por la finca. Al fin, el domingo, el patrono le pidió que todo estuviese preparado para aquella misma tarde. El plan, que Azu desconocía, se iba a poner en marcha. Le quedaba muy poco de encierro con el oni y sus miedos.

Tuvo tiempo en aquel cautiverio, sin embargo, para sentir piedad: el Diablo sólo lloraba. Y perdía el color rojo de los ojos, que se le iban a algún lugar lejano en el tiempo. Volaba hacia algunos hechos anteriores a la presencia de Azumamaro en aquella casa: el tiempo de un triángulo.

Los tiempos a los que viajaba Remedios estaban sepultados bajo la lealtad y la locura. Sus primeros recuerdos eran oscuros, fríos, una ciudad de Suiza y un padre distante, siempre trabajando. Sólo el calor de su madre y los viajes en verano a España, al pueblo de la familia, daban un tono de color a los recuerdos. Solían descansar en aquel enorme cortijo donde su tío Norberto los recibía con alegría. Hasta que sucedió lo que sucedió, en aquel viaje de vuelta. Sacramento y ella no tendrían más de cinco años. Volvieron solas a España un septiembre de 1974 para quedar bajo la custodia de su tío Norberto.

Nunca supieron por qué el carácter amable y dicharachero de su tío cambió de improviso. Lo achacaron siempre a un dolor no superado: el mismo dolor que les hizo a ellas reconocer que sólo se tenían la una a la otra, que su fidelidad sería para siempre y que terminaron por confundirlas en una sola persona.

Sola como estaba en su habitación, confinada, sintió el mismo temor que soportaba cada noche desde que cumplieron los diez años. Ahora también esperaba la llegada de su tío Norberto. Esta vez esperaba unas órdenes. Se lo había dicho: «Lo hecho, hecho está. Veré cómo sacarte de ésta. No he podido salvar a tu hermana, pero te salvaré a ti.» De nada sirvió que Remedios le acusase de deshacerse de Sacramento. «Nunca soportaste su independencia, tío, nunca aceptaste que no quisiera vivir contigo, que no quisiera saber nada de ti, que pueda contar lo que siempre nos has hecho, el dolor que nos has causado, hijo de puta», le gritaba por teléfono. Pero Norberto había echado las suertes: la asesina era Remedios y él aplicaría la solución a su manera.

Norberto nunca tuvo la habilidad de distinguirlas, ni Sacramento ni Remedios pusieron de su parte jamás para sacarlo de su confusión de nombres. Las llamaba y ellas contestaban arbitrariamente. Se intercambiaban las notas escolares, uniformaban los gustos y los modales, las aficiones y las amistades. A esas alturas, Norberto creía que se había cometido un fratricidio, pero no podría saber si Remedios había matado a Sacramento o Sacramento a Remedios. A ella misma le acongojó reconocer que tampoco tenía respuesta, de alguna manera, a esa pregunta.

Aquellas noches de incipiente pubertad, cuando empezaron a descubrir cómo se les hinchaba el cuerpo, se acostaban en el temor de tener noticias de Norberto. Como ahora mismo le sucedía. Aunque eran noticias muy diferentes. Norberto solía llamar a la puerta cuando las niñas estaban casi dormidas. Susurraba y cerraba la puerta, con cuidado. Las amenazas sordas de Norberto las habían puesto sobre aviso. Sabían que aquel susurro no significaba que era hora de dormir, sino que una de las dos debía pasar a la cama del tío. Lo asumieron como un precio de huéspedes no deseados. A pesar de que intentasen uniformar todo, no podrían uniformar sus caracteres en la intimidad. Sacramento era miedosa, con gran fuerza de voluntad para el trabajo, algo retraída, bondadosa. Remedios se recordaba a sí misma valiente, aventurera, sacrificada, idealista.

Cuando Norberto susurraba estaba pidiendo que, de inmediato, alguna de ellas le diese calor. Una vez cerrada la puerta, Remedios se acercaba a la cama de su hermana. Sacramento temblaba de miedo. «No te preocupes. Voy yo, siempre voy yo, cariño. Hoy jugaré a que soy tú y, como Calisto, le arañaré en la espalda.» Sacramento, entre risitas ahogadas y lágrimas agradecía la protección.

Remedios salía ufana de la habitación, como un gladiador saliendo al circo, y miraba a su hermana: «Esto lo hago por ti, cariño. Yo siempre te protejo, angelito.»

Se hizo un ovillo en la cama. Los ojos de Sacramento agradecida se le confundían con los ojos de Sacramento desencajada, con la boca sangrienta. La había traicionado. Había traicionado tanto tiempo de confianza, de ser la una en la otra. En los últimos años, Sacra había decidido volar por su cuenta. Tanto sacrificio no había servido de nada. Y, finalmente, la había dejado sola, abandonada para siempre en las manos criminales de su tío.

Se alarmó de pronto: se oía demasiado ruido en el jardín. Asomó la cabeza por el ventanal del pasillo. Dos coches de policía estaban en el camino principal. El mayordomo japonés apareció gritando en la escalera: «No hay tiempo. Vamos, señorita.»

33

No pudieron celebrar la reunión que solicitó Jimena. Antes de las doce, Lebrón se presentó ante los policías granadinos y les dijo que los registros se realizarían de inmediato. Y simultáneamente. La inspectora Tornés enviaba a Domínguez al apartamento de Los Remedios. Acompañado del inspector López Catoni procederían a la detención de Norberto García Dalmases y al registro del piso. Machuca y Verdón la acompañarían hasta el cortijo en las afueras de Bormujos. Ninguno de los dos policías foráneos protestó.

Tomaron la Autovía de Huelva. Verdón comprobó que el viaje era mucho más corto. No tuvieron que preguntar, el detective les indicó el complicado camino de veredas hasta llegar al Cortijo de San Martín. Otro coche patrulla les seguía y un tercero esperaba en la puerta de la finca. Supieron por radio que los compañeros habían accedido al apartamento de Norberto García. Estaba allí e iba camino de la comisaría. No opuso resistencia. Pero López Catoni confirmaría después una sospecha: «Resistencia no opone, Jimena, pero te juro que el abogado va a estar en comisaría antes que el representado. El tal don Norberto va a ser una tumba.»

Pararon los coches ante la cancela. Lebrón no se detuvo a esperar a que le abriesen.

—Este portón estaba abierto el otro día por la mañana, parecía algo habitual, esa impresión me dio —dijo Verdón mascando que algo extraño había en el aire.

—Según la vigilancia, lleva cerrado varios días —confirmó Jimena cuando Lebrón hizo saltar el candado con una palanca. Los dos vehículos se dirigieron a la entrada de la casona. Bajaron de los coches. Jimena ordenó de inmediato la formación, tenían suficientes datos de la disposición de la finca gracias a las indicaciones de Verdón y a la vigilancia a la que la habían sometido durante el fin de semana—: Que nadie se nos escape hacia la dehesa. Vosotros tres por detrás. Lebrón, abre la puerta. De una patada, si hace falta.

Hizo falta. En poco más de cinco minutos habían tomado la casa. Jimena y Verdón se quedaron en el umbral.

—Nada por aquí —dijo Lebrón asomando su cabeza desde el segundo piso.

—Ni por aquí. —Machuca había echado un vistazo en la planta baja—. No pueden haber salido —susurró Jimena con mala leche. A Verdón le impresionó ver los ojos de rabia de la mujer.

Unos gritos en la parte trasera les hicieron correr hacia allá. Bordearon la casa. Dos policías reducían a un japonés bajito que intentaba realizarles llaves de judo. Las esposas fueron más rápidas y Azumamaro Hitari quedó hecho un revoltijo en el suelo. Le dieron una patada que Verdón juzgó innecesaria. A pocos metros, Remedios García estaba sentada en un balancín, bajo la pérgola. Verdón se sintió confundido, le pareció revivir aquella fotografía que encontró en la casa de la fallecida. Pero recordaba que la pérgola estaba al otro lado de la casa, junto a un seto de boj que encubría la piscina y un amplio patio. Veía el seto y la pérgola, pero como si se encontrase en un espejo.

Jimena se acercó con calma a Remedios y le tomó una muñeca para colocarle los grilletes. La mujer no se inmutó, miraba al vacío de la dehesa. A Matías Verdón le pareció la imagen de una dolorosa, de una tristeza infinita, con unas esposas en vez de un rosario de marfil.

Matías Verdón entró de nuevo en la casa. Lebrón y el resto de los agentes se dirigieron a la comisaría: daría tiempo a tomar las filiaciones de los detenidos antes de que volviese Jimena Tornés para proceder a los interrogatorios. Iniciaron el registro. Verdón acudió a las habitaciones superiores. Rastreó el dormitorio principal, que debía de pertenecer a Norberto García. Pero le importaba mucho más aquel otro, con papel pintado rosa y dos camas con colchas de ribetes fucsias. Aquél era el escenario que le interesaba. Estudió minuciosamente los detalles, rebuscó diarios, fotografías, objetos personales. Parecía que allí seguían viviendo dos niñas, aunque él sabía que Sacramento García debió de abandonar hacía tiempo aquella alcoba.

Cuando se asomó al balcón vio la piscina rodeada por el seto y observó sorprendido que había dos pérgolas, una a la izquierda y otra a la derecha de la piscina. No se había confundido. Supo entonces que estaba mirando demasiado cerca. Suspicaz, volvió al pasillo y cerró la puerta de la habitación. Había algo, una leve percepción que intentaba abrirse paso. Volvió a abrir la puerta y lo vio.

El dormitorio era simétrico. Exactamente proporcionado. Lo que veía a su derecha lo veía a su izquierda, como en un espejo. Tuvo la sensación de que aquello era sólo un detalle y giró sobre sus zapatos. Miró hacia el pasillo y tuvo la misma sensación: las escaleras eran dobles, cada puerta de un ala de la casa tenía su reflejo en el otro lado, los cuadros reproducían en las paredes, a ambos lados, motivos similares. Recordó la casa, la imagen desde fuera que había visto hacía unas cuantas noches, la disposición del jardín y las estatuas, la doble pérgola, y ya no tuvo dudas. Estaba en un templo de la simetría.

34

Antes de las cuatro de la tarde habían terminado el registro. Ninguno de sus compañeros reparó en la simetría que mostraba todo aquello. Verdón llegó a dudar de sus percepciones. Pero por más que miraba veía el equilibrio por todas partes: las puertas dobles de la entrada, la disposición de las hamacas alrededor de la piscina, incluso dos casetas de perro cerca de los establos. Como Jimena y Machuca callaban, Verdón calló. Le parecía un tema lo bastante sugestivo y enfermizo como para reservarlo. No estaba ocultando nada a Jimena: ella podría verlo ahora mismo si fuese aficionada a los pasatiempos de las siete diferencias. Sólo iba a retrasar unas horas su exposición. El tiempo suficiente para llevar a don Sebastián a la finca y que elucubrase sobre esa obsesión doble. De hecho, la versión del descubrimiento de la simetría sería una perfecta coartada por si la policía les sorprendía en esa segunda visita.

Encontró a Desastres en la puerta del hotel. Le explicó que don Sebastián había almorzado tarde y se encontraba tomando café y güisqui en uno de los patios. Toda la mañana había estado dando paseos por la ciudad, sin hacer nada que el Desastres considerase de interés. Verdón se preguntó qué consideraría Desastres algo de interés.

—Salimos en una hora —ordenó Verdón—, volvemos a la finca: prepara el coche y los muchachos. —Se sintió orgulloso de su pequeño ejército—. Pero antes nos queda algo que preparar.

Desastres y Verdón repasaron la grabadora que se había agenciado el cartero: un imponente magnetofón negro.

—Aquí se le mete el micrófono —dijo Desastres enseñando una enorme alcachofa.

—Joder, Desastres, ¿no había nada más discreto?

—Esto es lo que hay, Matías —dijo el hombrecillo con profesionalidad—, y ya me explicarás para qué es el invento...

Encontró a don Sebastián en uno de los patios, tal y como le indicó Desastres, con una copa de *bourbon* ante él.

—Lo siento —dijo Verdón a su cliente—. La policía acaba de registrar el cortijo del que le hablé, pero he conseguido que usted pueda realizar una visita privada. Está todo tal y como cuando Sacramento y Remedios vivieron allí. Se va a quedar sorprendido. Eso sí, Remedios está ya en la comisaría. En estos momentos estarán interrogándola. Siento, repito, que no pueda hablar con ella en privado.

Una sombra cruzó los ojos de Sebastián Aragón.

—No podré multiplicarle los emolumentos. Entiendo que era muy difícil conseguirlo: la policía no ceja, ¿verdad?

—No es necesario que aumente los emolumentos. Excepto los gastos extra que están surgiendo. Unos guardaespaldas nos esperan. No lo habrá percibido, pero ha llevado usted guardaespaldas durante toda la mañana... por su seguridad.

—Ya me he dado cuenta —comentó don Sebastián sin dar importancia al asunto—. Su ayudante es bastante torpe para realizar un seguimiento. Casi siempre iba por delante de mí, se daba la vuelta, y al poco rato me adelantaba. Me lo he cruzado al menos quince veces. Le he dado una buena caminata por toda Sevilla.

A Verdón se le cayó parte del vigor y la confianza. Contaba con un pequeño ejército de pánfilos. Hizo de tripas corazón y tiró hacia delante cambiando de tema.

—Ahora debemos tomar el coche camuflado.

Las palabras de Verdón provocaron un encogimiento de cejas en el doctor. Las cejas no volvieron a su postura habitual hasta que llegaron al cortijo. Matías Verdón se la estaba jugando, a juicio de don Sebastián estaba rayando lo estrafalario. Pero no le quedaba más remedio.

Se sentaron en la ambulancia. Don Sebastián Aragón y Verdón acompañaban al conductor, que era distinto al que aquella mañana le llevó a comisaría. El Desastres estaba cambiando al personal. No debía de estar muy contento.

35

Cuando llegó a comisaría se dirigió inmediatamente al despacho de Jimena. Podía soltar lo de la simetría y lo argumentaría como si se tratase de un lumbrera. Iba a dejarlos a todos patidifusos. Lograría que Domínguez le tuviese más inquina, que Machuca lo felicitase y que Jimena quedase rendida a sus pies.

La inspectora Tornés no estaba en su despacho. Así que siguió tomando notas de lo que le había dicho don Sebastián en cuanto llegaron al cortijo. El doctor certificó las sospechas de Verdón nada más entrar, aunque él no dijese ni una sola palabra de sus impresiones.

Jimena entró en su despacho y saludó a Verdón con afecto.

—¿Qué tal, Matías? —Supuso que la inspectora imaginaba que había pasado la tarde haciendo turismo—. Vaya historia —fue lo que dijo antes de sentarse alicaída.

Machuca y López Catoni entraron un par de minutos más tarde y Domínguez se quedó en la puerta. Se sentaron algo cabizbajos y le pasaron a Verdón las primeras declaraciones de Remedios García. El tío no había abierto la boca. Su abogado lo pondría en la calle pasado mañana a más tardar. No tenían muchos motivos para retenerlo. La cuestión de la paliza de Verdón era el único camino por donde podían tirar. Pero el japonés, tan silencioso como su amo, no facilitaría el asunto.

—Hay que encontrar a ese grupo de matones bizcos. Es lo único que nos puede dar más tiempo para retener a Norberto García. El tipo oculta algo, no me extrañaría que el asesinato fuese concertado por tío y sobrina —comentó Machuca.

A Verdón se le erizaron los pelos del cogote cuando empezó a leer las notas del interrogatorio. Remedios García había confesado que visitó a su hermana en Granada. La primera vez en su apartamento, la segunda en el psiquiátrico. Cuando llegó al despacho la encontró muerta en el suelo. Ahogada y con la boca ensangrentada. Juraba que ella no tenía nada que ver con el crimen, pero que su tío Norberto, a buen seguro, tenía mucho que revelar sobre los hechos. Dijo que siempre les hizo la vida imposible y estaba convencida de que desde el momento en que Sacramento abandonó la casa familiar, en la mente de Norberto anidaba la intención de hacerla desaparecer. «Conmigo viva o sin mí, muerta.» Era consciente de que ella era la principal sospechosa. Incluso su tío Norberto, en un alarde de cinismo, estaba convencido de que ella era la asesina. Pero había detalles que no concordaban con los análisis realizados en el escenario del crimen. Remedios García cayó presa de un ataque de histeria. Domínguez, sin embargo, encargado con López Catoni del interrogatorio de Norberto García, estaba como una rosa.

—No sé por qué insistimos tanto en ese hombre. Tenemos a la asesina. La sobrina intenta escurrir el bulto y encasquetarle la muerta a su tío. Yo no creo que el señor García haya hecho nada. ¿Pagan los tíos las culpas de sus sobrinas? ¿Es que se heredan los delitos? —dijo Domínguez cuando Jimena le preguntó por el estado del interrogatorio a Norberto García.

Más de uno en la sala pensó que el abogado de García estaba untando a Domínguez. Pero la fijación de la inspectora por Norberto García la compartían casi todos, no se trataba sólo de la paliza a Verdón. Había algo más.

—Seguiremos en él. Hay algo más. Tiene que haberlo. No parece afectado por su muerte, en absoluto. Parece que no necesitase ninguna explicación. Y sí, puede ser que tengamos a la asesina. Y puede ser que intente escurrir el bulto. O no. Así que tenemos que darnos prisa. Mañana pasarán a disposición judicial. Lo que no nos hayan dicho hasta entonces se escapará a nuestro control. —Jimena Tornés estaba cansada. Se encendió un cigarro para sorpresa de Verdón—. Supongo que es así de sencillo: una hermana gemela mata a una hermana gemela. Pero no será fácil de demostrar, Curiel nos ha confirmado que sus huellas están por todos lados en la habitación, ya es algo firme... La huida del lugar del crimen es un indicio. No denunció ni alertó. Omisión de socorro. Y ya sabéis que cuando se hace algo así, sólo cabe suponer que fue ella.

—No creo que sea tan sencillo —terció Verdón, viendo que era su momento—. Yo estoy convencido de que no ha sido ella. He estado cavilando sobre ese asunto de las huellas. Sabemos que el DNI no figuraba entre la documentación hallada de la doctora. Habéis dicho que están todas sus huellas, las de Remedios, por la habitación. Puede ser. Pero ¿dónde están las de Sacramento García? Sería lo lógico, encontrar las huellas de la doctora en un número muy superior a las de la supuesta asesina... y de eso nada dice el informe de Curiel. Unas cuantas irrelevantes y muchas de la sospechosa según las últimas comprobaciones...

—Pudo borrarlas —dijo Domínguez con choteo.

—Claro, Domínguez, o bien la muerta borró sus huellas una vez muerta o bien la asesina sólo borró las huellas de la muerta. O fue el pobre loco Cuco Romero el que borró huellas a su criterio. —Verdón empezó a sonreír suavemente, sentía un cosquilleo de orgullo en el estómago—. Hay una pregunta sobre la mesa: ¿se tomaron las huellas dactilares de la fallecida? ¿Se confió solamente en los archivos policiales? Porque es cierto que dos personas no pueden tener las mismas huellas. Pero...

—Ya está el soplagaitas con sus sorpresas... —masculló Domínguez.

La mirada recriminatoria de Jimena Tornés fue suficiente. La inspectora miró entonces a Verdón y le animó a continuar. El detective aprovechó el silencio y el cruce de miradas para echar un vistazo a sus notas.

—Quiero decir, que eso es así: dos personas no pueden tener las mismas huellas dactilares. Pero dos personas sí pueden tener las mismas huellas dactilares en los archivos y en sus carnés de identidad. —Los policías captaron inmediatamente la trascendencia de la observación—. Posiblemente estemos ante dos personas, gemelas, que confunden sus vidas, sus vivencias, y ¿por qué no?, sus huellas dactilares. ¿No soy un asesor?, pues confírmenlo. Pudiese ser que no sepamos qué pertenece a una y qué pertenece a otra. Tengo que confesar que cuando llegamos a aquella casa, cuando se detuvo a Remedios en el columpio, pensé que estaba reproduciendo esta foto de su hermana —y la enseñó—, pero es fácil de imaginar, pues lo dice la declaración de Remedios García: dos personas muy unidas, una misteriosa historia familiar, dos niñas criadas por su tío. En cuanto a las huellas —Verdón carraspeó y tomó aire—, el regate al sistema es una niñería. Cuando la policía tramita por primera vez un carné de identidad sólo exige un par de fotografías recientes, una partida de nacimiento y la presencia física del peticionario, para tomarle las huellas. Se entiende que ése es el momento clave: cada cual se presenta con sus huellas, pero ¿y si fue Sacramento quien se presentó dos veces para hacerse el carné de identidad? Una con la partida de nacimiento de Remedios, otra con la suya. O al revés. Las fotografías podían ser las mismas. Hemos comprobado que eran dos gotas de agua.

Aquella duda había calado en sus interlocutores.

—Es muy probable que sólo atendiesen a las huellas que figuren en los archivos. Es imprescindible que se tomen las huellas dactilares del cadáver de la doctora García en Granada y de nuestra detenida. Ordéneselo a Lebrón, Catoni, por favor. Machuca, haga el trámite con Granada, espero que no haya que desenterrar a la muerta, ni la hayan incinerado.

—Llamo en seguida, le hemos perdido la pista, pero debería seguir en la morgue... —Los policías salieron de la habitación para realizar las comprobaciones.

—Pues supongamos que esa ristra de tonterías es verdad. ¿Y qué? La muerta está muerta y la asesina en chirona, ¿no? —Domínguez decidió ejercer de abogado del diablo—. ¿Qué más nos da si tuvieron el mismo carné de identidad con dos nombres distintos?

—Usted no ve mucho más allá, Domínguez. —Jimena interrumpió el intento de Verdón de aclarar las consecuencias de aquel planteamiento—. Podemos tratar con una asesina sin huellas. O con las huellas de otra persona. Quizá tuviésemos que revisar muchos casos sin resolver. Y además, podemos darnos con un canto en los dientes de que no se nos haya escapado. A partir de este momento podría andar por ahí con las huellas de una muerta. O que no sepamos cuál de las dos murió asesinada.

—Pero entonces ¿decís que no sabemos si tenemos ahí abajo a Sacramento García o a Remedios García? —reflexionó Domínguez, atolondrado.

Machuca volvió pasados diez minutos, cuando Domínguez optó por guardarse la mala leche para mejor ocasión. Verdón pensó que Machuca se había perdido una buena escena, que habría generado el delirio en la comisaría de Granada cuando la contase el subinspector.

—Exactamente. Las huellas se comprobaron solamente con los archivos. Estaba claro a quién pertenecía el cadáver. Pero están cotejando de nuevo. Si las huellas de los DNI de ambas hermanas coinciden no hará falta tomárselas al cuerpo.

—Perfecto. Si no hay nada más, proseguiremos los interrogatorios.

—Hay algo más —dijo tímidamente Verdón. Tenía a Domínguez en jaque. Le pareció un poco excesivo volver a dárselas de excelente sabueso, pero no podía ocultar el tema. Los policías le miraron con curiosidad—. Dos detalles, que quizá no os hayan pasado inadvertidos. La casa que hemos estado investigando esta mañana, en el cortijo, es, podríamos decir, un templo simétrico.

Domínguez no pudo reprimir una carcajada sorda, pero al detective, la fijación del resto de los presentes le animó a seguir. Se iba a lucir:

—Podríamos partir el edificio en dos, por medio, de un tajo, y obtendríamos dos mitades exactamente iguales, como en un espejo. El modelo se reproduce incluso dentro de las habitaciones: obviamente no en la cocina, ni en el dormitorio de Norberto García, pero sí se da en la alcoba de las chicas, en el establo, la biblioteca, e incluso en uno de los cuartos de baño. Y por supuesto en el jardín. Hay dos pérgolas, una a cada lado de la trasera de la casa. La piscina no era necesario dividirla, es de por sí un enorme espejo. El jardín, si pudiésemos tener una visión cenital, nos sorprendería, reproduce a cada lado laberintos exactamente calcados. Pero hay otro detallito. —Tenía rendida a la audiencia. Hasta Domínguez empezó a prestar cierta atención—. Los jardines están repletos de estatuas, representaciones clásicas. No soy un entendido en la materia, pero me parece que hay un denominador común en todas ellas: son casos de violaciones mitológicas.

36

Machuca lo resolvió con efectividad aquel mismo atardecer. Se había llevado a los jardines del Cortijo de San Martín a un especialista en mitología grecolatina de la Universidad de Sevilla y estuvo de vuelta en un par de horas. En comisaría a alguien se le ocurrió hojear alguna enciclopedia de arte. Ambos extremos confirmaban las apreciaciones que todos consideraban de Verdón, aunque perteneciesen a don Sebastián Aragón Acosta.

Machuca empezó su perorata:

—Hay una de Dafne y Apolo. Dafne era una ninfa a la cual persigue el tal Apolo con intención poco decente. La ninfa se va convirtiendo en laurel mientras el dios este se queda con las ganas. Hay otra de una mujer tumbada: es Dánae, Zeus se convirtió en nube de oro para poder preñarla porque el padre de Dánae la había encerrado en una habitación, o algo así. Hay otra de un toro, que algunos pensamos al principio que tenía que ver con la ganadería y la dehesa, pero no, reproduce el Rapto de Europa, leo bien: Zeus se convierte en toro para llevarse a una ninfa. Calisto, una ninfa violada que se convirtió en oso. Zeus convertido en águila rapta a Egina. Zeus convertido en cisne viola a Leda. Y, como remate, Electra preside la entrada principal. Este caso lo conocemos todos, ¿sigo?

—Es suficiente —dijo Jimena Tornés—. Pero, por desgracia, tener reproducciones de estatuas clásicas en el jardín de tu casa no es ningún delito. ¿Puede llevarnos a algo esta conclusión? El tipo encarga estatuas antiguas y todas son de violaciones monstruosas. ¿Por qué se obsesiona alguien hasta ese punto? ¿Matías? El tema lo sacaste tú...

—Creo que debemos profundizar en las dos líneas: una casa que es doble, simétrica, nos indica que el asunto de los dobles está por medio. Me pregunto si es sólo una fijación en convivir con dos gemelas, o algo más. Sabemos muy poco de Norberto García, y quizá su casa nos indique algo. Y creo que deberíamos persistir en la cuestión de las estatuas. Quizás enfocar todo el asunto con una clave psicológica. —Verdón no podía creer que pudiese estar diciendo aquellas palabras—. Ya sé que no es un delito, pero si vuestra teoría fuese cierta, ¿no es posible que los trastornos que conducen a Remedios a matar a Sacramento provengan de un asunto de violación, de una experiencia común e íntima terrible?

—Puede ser —dudó Jimena. Eran las doce de la noche y estaba deseando marcharse—. Por mí estoy de acuerdo. Catoni, tú sigues con Domínguez en el interrogatorio al japonés y a Norberto García. Me investigas la procedencia de las estatuas y la casa. Machuca, insista con el interrogatorio de la chica. Todo bajo estas nuevas premisas: la casa simétrica, si hubo violación por parte de su tío, yo qué sé, este asunto es cada vez más turbio... Nos hace falta un psicólogo, pero ya. Necesitamos saber algo de sus vidas. De la vida de ambas. Lo poco que podamos saber de la vida de ambas, por favor.

El equipo se deshizo, algo agotado. Verdón se hizo el remolón. Machuca le dio una palmadita en la espalda, que se tomó como una felicitación. Jimena se quedó mirándolo, aún mantenía ojos de sorpresa.

—¿Sabes qué me apetece, Matías? —La inspectora Tornés se dirigió a la puerta y la cerró con cuidado—. Me apetece una buena cena, contigo. Y que me expliques de dónde has sacado toda esa información. A mí no me engañas. No es tuya. Te conozco desde hace menos horas de lo que dura un hábeas corpus. Pero sé que no son conclusiones tuyas. Demasiados temas: simetrías, huellas, violaciones y mitos... Alguien te ha estado echando una mano. Y no era ninguno de los presentes. Así que, si te parece —Jimena le doblaba con primor el cuello de la camisa, como cuidándolo amorosamente—, te duchas y pasas por mi casa dentro de un rato. Yo, a estas horas, te preparo la cena y tú me lo cuentas todo. Y si quieres, luego, echamos un polvo.

37

Las dos niñas estaban sentadas en un banco de madera y temblaban. Una enorme mujer con fuerte acento alemán intentaba hacerse entender en francés e inglés. Las niñas no entendían nada. Llevaban demasiado poco tiempo en aquel país. Comprendían palabras sueltas: «padre», «coche», «casa». La mujer soltó un bufido y se dirigió a su compañero del cuartel de la gendarmería en las cercanías de Basilea.

—No entienden una palabra —dijo la mujerona—. ¿Cómo les vamos a explicar lo que ha pasado? ¿Qué idioma hablan? Llega tanto extranjero que nos vamos a volver locos. ¿Sabemos ya de dónde era el coche, Fritz?

El tal Fritz, un joven delgaducho y casi albino, hojeaba un periódico deportivo.

—Vienen de África, estoy convencido. —Miró a las niñas, morenas, empequeñecidas. Entrelazaban los dedos de las manos con temor y cariño a la vez. Las pequeñas le devolvieron una mirada profunda, como de quien aún no se ha elevado sobre el espanto—. Yo creo que son de Marruecos. Son exactamente iguales, ¿verdad, Annika?

La mujer preparaba unos tazones con leche.

—Lo que hace falta es que Andreas nos diga de una vez de dónde vienen, así al menos podremos buscar algún intérprete, y con suerte, esta misma tarde se llevan a estas niñas de aquí.

—Sí, mejor. A mí me asustan —comentó Fritz con desprecio.

—Cualquiera que haya visto lo que han visto ellas tiene que transmitir miedo, imbécil. —La mujer acercó los tazones a las niñas que la miraron con recelo—. Vamos, bonitas, tenéis que comer algo. *Milch. Lait. Milk. Lette.* —Casi deletreaba las palabras en un intento de hacerse comprender, pero las niñas no estaban dispuestas a separar sus dedos, que sudaban y les arrugaban la piel.

Suponían que aquella señora quería ayudarlas. Pero no les decía dónde estaban su madre y su padre. No entendían ese empeño en saber de dónde eran. Ellas vivían en Basilea. Eso lo sabían, habían pasado multitud de veces por aquella carretera. Fue Remedios quien se lo susurró a Sacramento:

—Creo que quieren saber de dónde venimos.

—Pues diles que venimos de casa del tito Norberto —dijo con timidez su hermana.

—Mira, Fritz, al menos hablan entre ellas. Yo creo que es italiano, o griego. ¿Tú sabes italiano?

—Muy poco. Andreas es el que habla idiomas. Pero griegas no son: habrían entrado al país por el este.

—En eso llevas razón —dijo Annika, que seguía insistiendo con la leche—. *Lette, lette*, bonitas.

Remedios tomó la iniciativa. Dejó a su hermana sentada y se dirigió a un gran mapa de Europa que colgaba de la pared. Se quedó dudando ante él. No sabía de dónde venían. Era consciente de que aquellos mapas indicaban dónde estaba la gente, hacia dónde se dirigían, de dónde procedían. Le había visto a su padre, multitud de veces, extender un mapa como aquél sobre el capó del coche.

—Parece que quiere señalarlo. Pero, claro, no puede ver de dónde viene. Verás como son de Marruecos... —volvió a insistir Fritz. El muchacho se dirigió a Remedios y señaló al sur, fuera del mapa—. *Morrocco* no en el mapa, *Morrocco* abajo, más abajo...

Remedios miraba a aquel hombre rubio con cara de lelo. No entendía qué quería decirle. Volvió a mirar el mapa fijamente. No reconocía las palabras «Sevilla», «Espagne» que tantas veces había visto en el viaje de ida, cuando preguntaba a su padre cuántos kilómetros faltaban para llegar a casa del tío Norberto. Vencida por el mapa y temerosa ante la ausencia de noticias de sus padres le dijo a Sacramento:

—La casa del tío Norberto no viene en ese mapa.

—Será un mapa de otro sitio —respondió Sacramento.

—Es un mapa de tontos —sentenció la niña.

Otro hombre de uniforme entró al rato en la habitación. Las niñas habían rechazado la leche pero habían aceptado unas chocolatinas que Annika sacó de su bolso. Venía empapado. Nadie esperaba un temporal a primeros de septiembre.

—¿Qué tal están las niñas? Dios mío, qué barbaridad. No me explico cómo estas criaturas están ilesas —comentó echándose una taza de café.

—No quieren comer. Están muy asustadas. Ha debido de ser terrible. Pobrecitas, y como no sabemos qué hablan no puedo consolarlas. Son emigrantes, eso está claro. Yo digo que son italianas, Fritz dice que son de Marruecos —comentó Annika.

—No pueden ser italianas —dijo el hombre que se llamaba Andreas—. Habrían entrado por el sur. No sois italianas, ¿verdad? —preguntó en italiano. El silencio y la cara de incomprensión de las niñas fue suficiente para corroborarlo—. Yo creo que son españolas o portuguesas.

—¿*Spain*? ¿*Spanien*? ¿*Espagne*? —dijo la mujer gesticulando, como tocando unas castañuelas.

—España —dijo resuelta Remedios señalando el mapa que colgaba de la pared.

—Gracias a Dios —suplicó Annika—. ¿Llamo al consulado en Basilea?

—Llama por el momento a Dora, la mujer de Günter. Ella es española. Tenemos que esperar. No sabemos qué ocurrirá. En unos minutos llamarán del hospital. —Andreas consultó su reloj—. En cuanto tengamos noticias del estado de los padres llamamos al consulado. Pero no tengo muchas esperanzas.

Aquella mujer sí hablaba como ellas. Estuvieron jugando un buen rato. Remedios preguntaba por sus padres.

—No te preocupes, bonita. Mira, ¿no habías visto nunca una vaca suiza arrugada? Vamos a quitarle las arruguitas y dejarla plana, plana. —La mujer les extendía el envoltorio de la chocolatina, lentamente pasaba la uña por el papel de aluminio, eliminando mágicamente los dobleces.

—Mi hermana dice que papá y mamá se han muerto, porque ahora papá era bueno —dijo Sacramento a aquella mujer morena que se parecía a su madre—. ¿Vas a hacer ahora tú de mamá nuestra?

A Dora se le hizo un nudo en la garganta.

—No os preocupéis, no os preocupéis. —E inventó otro juego para ir pasando el rato.

38

Tuvo que confesarlo todo. Quién era don Sebastián Aragón y la visita ilegal realizada a la casa. Ella no se lo tomó a mal.

—Corriste un riesgo innecesario, y si haces lo que vas a hacer, ten mucho cuidado —le susurró Jimena cuando ya estaban en la cama.

—¿Cómo supiste que las conclusiones no eran mías? —preguntó Verdón con inocencia. Se había portado aquella noche. Sólo un par de quejidos, un ruego para no afrontar la postura del misionero en virtud de sus huesos doloridos. Al menos durante diez minutos mantuvo una erección más que formal.

—¿Podía ser de otra manera? Nos llevabas adelanto, pero no tanto. Desapareces a media tarde y vuelves por la noche con un montón de novedades. Vale que lo de la simetría lo pudiste apreciar. También a mí me llamó la atención lo de las pérgolas. Pero no lo elaboré tanto como tú. Pero lo de la mitología grecolatina te delataba: y lo del perfil psicológico. Era mucho. —Encendió un cigarro y se colocó un cenicero sobre las tetas—. Pero lo has hecho muy bien. A Machuca y a Domínguez no les diremos nada, les dejaremos que piensen que hay un cerebrito suelto por Granada...

Intentaron volver a hacerlo pero ya era demasiado para Matías Verdón. Puso todo su empeño, pero aquello no funcionaba. Era muy tarde para dejar pasar un rato y volver a la carga. El sueño les sorprendió en la espera.

A la mañana siguiente Jimena le despertó con una bandeja con café con leche y tostadas de mantequilla y mermelada de melocotón. Comió como un lobo hambriento. Se duchó mientras ella se colocaba el uniforme y salieron juntos de la casa. Tuvo la sensación de que Jimena le exhibía como un trofeo tanto en el interior del edificio, cuando se cruzaron con unos vecinos en el ascensor, como en el exterior, cuando estuvo hablando de cosas sin trascendencia con el portero.

Tomaron el coche de la inspectora. Verdón se encontraba feliz. El caso estaba enfilado. Jimena le dejó en el hotel. Ordenó al Desastres la inmediata disolución de su grupo de vigilancia y el amigo no pudo abrir la boca. Su decepción era enorme. Tendría más tiempo para Sensi, pero menos prestigio: ya no daba de comer a sus familiares. Iniciaron la segunda parte del operativo.

Desastres sacó el magnetofón de una bolsa de supermercado. Apiló un rollo de cinta adhesiva ancha junto con el micrófono.

—Pónmelo con cuidado, Desastres —dijo Verdón levantándose la camiseta interior y enseñando la barriga. El amigo le ajustó el magnetofón a la barriga y colocó el micrófono en el pecho. Se lo rodeó con cinta. Le resbalaba por el cuerpo peludo—. Esto va a ser difícil de camuflar —dijo Verdón mirándose de perfil en el espejo.

—Te pones dos jerséis, y la cazadora. O te meto algodón por los huequecillos.

—Hace mucho calor, Desastres, va a resultar sospechoso.

—No hay otro material. Esto es lo que hay, Matías. Hay que ajustar los gastos.

Se vistió como le indicó el Desastres y le pareció que había engordado veinte kilos.

—No sé si me va a pillar.

Seguidamente llamó por el teléfono interno a la habitación de don Sebastián Aragón. Le comunicó que tenía algo importante de lo que hablar. La chica pasaría a disposición judicial: había confesado, y quería comentarle las primeras conclusiones. Procuró ser él quien esperase a don Sebastián. Arrellanado en un sillón de mimbre del patio pudo disimular el equipo que llevaba pegado a la barriga. Ensayó varias veces cómo pulsar el botón de grabación. Vio venir a don Sebastián a lo lejos, cuando el magnetofón comenzó a emitir una copla de Juanito Valderrama. El Desastres estaba reciclando material. Comenzó a sudar. Ya no tenía confianza alguna en que aquello saliese bien.

—Y bien —dijo el médico tomando asiento, sin apreciar la abultada presencia de Verdón. Definitivamente, era psiquiatra, no endocrino.

—La chica no ha confesado —empezó diciendo Verdón. Sus dedos buscaban el dichoso botoncito rojo que debía pulsar a la vez que el *play*. Rezó por que no volvieran a oírse las coplas saliendo de su barriga—. Supongo que porque no puede confesar. Porque ella no fue. En todo este asunto, don Sebastián, hay varias cosas que chirrían. ¿Cómo pudo ser su hermana quien matase a la doctora García y le arrancase los dientes? ¿No cree usted que es una incongruencia? Sólo Cuco Romero podía cometer semejante atrocidad... ¿Puso Remedios García esos dientes en el cajón del interno? Muy difícil, ¿verdad? No, no pudo ser Remedios García; no conocía, a priori, esa característica de su interno. Pero usted sí. Incluso puede ser que la fallecida fuese Remedios y que quien está ahora en comisaría con la mirada ida sea Sacramento. No sé si lo sabremos alguna vez. Quizá bastase un test de embarazo.

Don Sebastián se sentía incómodo.

—¿Adónde quiere llegar, Verdón?

—Es indiscutible que don Norberto creyó desde el principio que se trataba de un asesinato entre hermanas. Posiblemente quería poner a su sobrina fuera del país cuanto antes, y se hizo con su documentación. Pero, claro, don Norberto también desconocía el asunto de los dientes. Y la policía aún no ha atado los cabos. Pueden sostener que lo hizo Cuco Romero una vez que la doctora estaba muerta. Pero dejó un tesoro tan preciado a la vista, tan a nuestro alcance. ¿No le resulta sospechosa tanta casualidad? Hay más asuntos que no encajan, don Sebastián. La doctora Sacramento estaba embarazada. ¿Cree usted que el padre sería su hijo, Sebastianito, el que imita a Sara Montiel? Dicen que lo hace con gracia... No veo a su Sebas preñando a nadie. Con esa información, clara, me vine desde Granada. Me lo dijo Trini, ¿la recuerda? Bastará una prueba de paternidad. ¿Y sabe lo que nos diría esa prueba, don Sebastián? Que aquí el único padre que hay es usted.

—¿Tiene pruebas? Es una acusación muy grave.

—Sólo estoy opinando, doctor. —Verdón sentía el temblor del magnetofón en su barriga. Se había tirado un farol y, además, temía moverse y echar a perder la operación—. Usted no esperaba este asunto de la gemela. Le ha desarmado todo el plan. Cuco Romero era un sospechoso con todas las de la ley. De garantía. Lo que era la mejor prueba, los dientes, ha tenido efecto de retroceso. Es ahora el mayor obstáculo. Si usted hubiese conocido el asunto de la gemela habría sabido cómo solventarlo mejor y quizá se habría ahorrado las extracciones. Ahora hay dos sospechosos, pero son incompatibles. Las pruebas de uno excluyen al otro. ¿Sabe qué creo que ocurrió? Sacramento García le hizo chantaje. Estaba embarazada y era una razón de peso para presionarle. A lo mejor se trataba de gemelos —dijo Verdón con una sonrisa amarga colgándole de los labios—. Posiblemente lo hizo. Y usted decidió dar pasaporte al tema. Luego me busca a mí. Bueno, en realidad, aparezco por casualidad. Y confía ciegamente en que seré incapaz de dar con la clave. Le basta con poner los dientes a mi alcance. Y después animarme a buscar sospechosos por todos lados, incluso me paga grandes cantidades por poco trabajo. Al menos por un trabajo que a usted poco le debía importar. Según usted, tenía al asesino en el propio manicomio.

—En eso lleva razón. En que lo consideraba un incapaz.

—Ante semejante escándalo, no le cabía otra salida, el hijo era suyo, ¿verdad?, y a Sacramento no le bastaba un matrimonio de conveniencia...

Don Sebastián escrutaba a Verdón. El detective acababa de descubrir su artimaña.

—La teoría es muy interesante —dijo escuetamente el médico.

—No tiene por qué salir de aquí, doctor. Todos tenemos un precio, como dicen en las películas.

—¿Cuál es el suyo, Verdón?

39

El paseo hacia la comisaría fue de lo más gratificante. Quizás había perdido un cliente, pero al menos su conciencia estaba tranquila. Remedios García podría enloquecer, pero no pasaría por el calvario de ser acusada de asesinar a su propia hermana, un alma tan gemela. Un rato antes, mientras el Desastres le ajustaba el magnetofón al vientre, el debate había subido de tono.

—Lo que vas a hacer es de gilón —espetó el Desastres mordiendo la cinta aislante.

—Un hijoputa es un hijoputa, sea médico o albañil. Ese tipo se cargó a la chica. Y preñada. ¿No te da asco, Desastres? Lo mismo ella le hizo chantaje. Lo acepto. Pero de ahí a arrancarle los dientes de la boca para implicar a un pobre majareta... Lo que voy a hacer es lo que se merece. Piensa que lo hago por el amigo de tu tío muerto. Y piensa que es por esa pobre muchacha que se está volviendo loca.

—Eres tú el que tiene que pensar mejor. A mí, asco me da, claro que me da asco... Pero te tapas la nariz y punto. Piensa en los dineros, Verdón. Que cualquier día de éstos te jubilan. Piensa en tu nieto, en el montón de piruletas que puedes comprarle. O Madelmans. Hombre, piensa con la cabeza por una vez en tu vida. Exprime al médico, sácale los dineros y luego que se encargue Domínguez de enchironarlo. Tardará, pero llegará, como a todos los cerdos les llega su San Martín. O que lo empaquete la novia que te has buscado. La marimacho esa de uniforme.

—A Jimena no quiero ni que la nombres, Desastres. Joder, no me tires de los pelos.

—Es que te lo estoy pegando malamente, cago en la puta.

Reparó entonces en que se acostaba con una mujer. Lo mismo estaba enamorado. La vida le sonreía. Con el magnetofón en una mano se dirigió hacia la comisaría. Tenía suficiente dinero en los bolsillos. En pocos días estaría de vuelta en Granada. Echaría de menos a Jimena, pero podría viajar a Sevilla con asiduidad, o esperarla a ella en su domicilio del Zaidín y volver a colocar flores en los jarrones. Desastres siempre tendría interés en volver a Sevilla para tantear a su enfermera. Con seguridad, utilizaría los viajes que organiza Pepe *el Dientes* para procurar un billete bien barato. El Desastres, intuía Verdón, se iba a chupar toda la EXPO '92. Lo mismo pedía un traslado.

Pero aún le quedaban unos cuantos días como asesor de la policía y que compartir con Jimena. Tanta felicidad le hizo pararse varias veces a contemplar la primavera sevillana. Pero el olfato de Verdón no se dejó engañar por el azahar. En la puerta de la Basílica de la Macarena descubrió la mirada inolvidable de un bizco. Intentó camuflarse en un antiguo café, desde donde obtuvo una vista privilegiada. No podía jurar si aquel bizco le había visto o no. No sabía adónde miraba. Pronto se le unieron los otros dos armarios. «Seis ojos bizcos ven más que dos», se dijo el detective. Pidió cambio al camarero y solicitó el teléfono público. En comisaría, Jimena Tornés y Machuca estaban ocupados en el interrogatorio. El inspector López Catoni estaba desayunando. Desechó hablar con el imberbe Lebrón. No le quedó más remedio que preguntar por Domínguez, el subinspector de Granada.

—¿Domínguez?

—¿Qué pasa, cabrón?

—No te enfades, coño. Tengo algo para ti —dijo Verdón, con deje de comerciante. Le explicó que los bizcos estaban a menos de quinientos metros de la comisaría.

—Entonces voy y te salvo el culo, ¿no? ¿Y si dejo que te pudras y los tipos esos te den otra vez de hostias? Para que te dejen los dos ojos tuertos, mamón.

—Domínguez, leches, a mí los tipos no me reconocen. —Verdón estaba creando una estratagema de salvamento sobre la marcha—. Por el ojo, ¿entiendes? Si el vendaje me tapa media cara... Yo lo digo por ti. Te apuntarías un buen tanto ante estos sevillanos, que son una pandilla de chulos, si atrapas a los tres matones. ¿No has visto cómo te miran por encima del hombro? Sabrían quién es el subinspector Domínguez... Y yo, chitón. De esta conversación no se entera ni Dios.

Domínguez estuvo pensando unos segundos.

—Vale, dame la descripción y el sitio.

—Tres bizcos en la puerta de la Macarena, Domínguez: eso no tiene pérdida.

40

Al comisario Pombero le dolían los pies. Toda la semana caminando por Sevilla en compañía de sacerdotes y concejales le había dejado dos callos y dolor en la rodilla derecha. Aquella misma tarde habían transcurrido cuarenta y ocho horas, y el comisario no permitiría más dilaciones en el caso de Norberto García, si no existía algún cargo serio contra un ganadero de reconocido prestigio en la ciudad. La prensa había empezado a deambular por las cercanías de la comisaría y los rumores estaban a punto de dar el salto de las plazas a los medios de comunicación. El comisario no quería que Norberto García entrase antes en los «juzgados» de un periódico que en los propiamente de instrucción.

Otro tema era el de la sobrina. Jimena sufría la duda de si se estaba haciendo justicia. Los ojos de Remedios enloquecían vertiginosamente. Y desconocía que sólo Verdón podría demostrar su inocencia. La juez de instrucción había procedido al encarcelamiento sin fianza. Llamó con los nudillos a la puerta, tenía que hacer algo. El comisario tenía los pies en un barreño donde echaba un puñado de sal.

Le informó sobre los últimos avances del caso. El asunto de las huellas estaba liquidado. No existía archivo de las huellas de Remedios García Pérez, eran las mismas que las de su hermana. La juez esperaba los resultados de los últimos interrogatorios para dar carpetazo policial al asunto y pasar a tomar las riendas. Machuca y Tornés no consiguieron mucho más. Las últimas horas en la comisaría de Remedios García habían sido dramáticas. En cuanto se sacó a colación el tema de las violaciones, sufrió varios desfallecimientos. Se la sometió a medicación, pues empezaba a mostrar debilidades psíquicas.

Optaron por abandonar los interrogatorios. Pasarían los trastos a la instrucción, que abundase cuando Remedios se encontrase más repuesta, si es que alguna vez salía de aquel mazazo. Así que se pusieron al asunto de Norberto García.

—Nada por el momento, comisario, la chica ha enloquecido. —Jimena tomó la determinación de levantar más sospechas. Era su último recurso, si realmente las chicas habían sufrido abusos haría todo lo posible por que Norberto García terminase en la cárcel. Una historia de desgracias no lo arregla una condena, seguro leve, pero siempre alivia la moral—. Pero puede haber algo más. El subinspector de Granada se ha llevado a dos de nuestros hombres, ha recibido un chivatazo sobre los agresores de Matías Verdón. Y además, hay caso para acusarle de una suplantación de personalidad. López Catoni me lo va a explicar ahora mismo. Norberto García firmaba con un nombre que no es el suyo.

—Vaya, nadie es quien parece en este caso... —dijo el comisario secándose los pies con una toalla—. Te dejo a García hasta las doce, Tornés, ni un minuto más. Yo toreo al abogado y a la prensa hasta esa hora. Pero si este hombre es inocente, a medianoche lo quiero en la calle.

Jimena volvió a la habitación donde el equipo miraba informes y realizaba llamadas telefónicas. López Catoni había hecho su trabajo.

—López Catoni ha hecho su trabajo —dijo la inspectora con alegría—. Y contamos con cinco horas más, para ver si conseguimos aclarar el asunto de las violaciones y empapelar al señor García... Pero hay algo más: Catoni, adelante —invitó Tornés al compañero.

López Catoni miró a la concurrencia y comenzó su exposición:

—Pues la cosa estaba a flor de piel. Ahí delante. Norberto firmaba como Roberto, como figura en su DNI. Al principio pensé que era un baile de letras. Roberto por Norberto. Una de esas confusiones entre nombres que hacen que a uno se le conozca por un nombre que no es, digamos, el legal. Pero no. Cuando consultaba el Registro de la Propiedad tropecé con que la casona figura a nombre de Roberto García Dalmases. Más arriba sí figuraba el nombre de Norberto García Dalmases. Es decir, la finca era una herencia. Se trata entonces, de dos personas. Uno de ellos hereda e inscribe posteriormente al otro como propietario de la finca, en agosto de 1974. Pero aquí se me encendió la lucecita, y me puse a rebuscar más datos sobre Norberto García Dalmases y Roberto García Dalmases acudiendo a los ficheros de DNI. Si se los extendimos aquí en Sevilla, deberían figurar en nuestros archivos. Teníamos que haberlo hecho mucho antes. Pero bueno, ¿averiguan qué encontré sobre los García Dalmases?

—Que son gemelos —dijo Verdón no sin sorpresa—. Parece un juego de espejos. Simétrico, como la casa, como las chicas.

—Eso es, detective. La misma cara que tú pones debí

de poner yo. Dos hermanos gemelos, uno de ellos padre de dos hermanas gemelas. Entonces fue el Registro Civil el que me dio las claves. Nacido el 4 de septiembre de 1934 en Mairena del Aljarafe, Sevilla, y casado con Lucía Pérez Arciniega en Sevilla el 30 de agosto de 1967. Le seguí el rastro y me topé con un certificado de defunción de Suiza en el archivo de la mujer. Ahora os explico. Parece ser que en el año 1970 ambos emigraron a Suiza, donde Roberto había encontrado trabajo. Por suerte, lo hicieron con papeles en regla. Coser y cantar con la Embajada. Lo mismo hice con el de Norberto García, la fecha de nacimiento exacta, soltero, pero encontré una sorpresa..., otro certificado de defunción remitido por el consulado de Basilea. —López Catoni se aclaró la garganta—. Norberto García Dalmases murió el 10 de septiembre de 1974 en Basilea, Suiza. Cuando llamé al consulado de Basilea una mujer recordaba el asunto con claridad. Lo vivió de cerca y le pareció terrible. Me acaban de enviar una copia del informe del consulado que ya se remitió hace casi veinte años. Norberto García viajaba en un coche acompañado de Lucía Pérez Arciniega y sus dos hijas pequeñas, Sacramento y Remedios... Fallecieron los dos adultos.

Les encogió una sensación de asco y confusión. Estuvieron cinco minutos sin hablar.

—Entonces ¿quién es el hombre que tenemos abajo? —se preguntó Machuca.

—Me temo que es el padre de las chicas. —Y a la inspectora Tornés se le revolvió el estómago.

41

Aquella mañana de septiembre amaneció luminosa. Norberto estaba cargando el vehículo, un Seat 124 rojo fresa. Lucía bajaba las maletas, mientras las niñas jugaban en una de las pérgolas de detrás de la casa. La sensación de encontrarse ante una nueva vida le insufló más fuerza que nunca. Cambiaba su trabajo cómodo en la ganadería que le dejó su padre por el duro oficio de emigrar, pero se llevaba consigo a aquellas tres criaturas adorables.

Roberto había transigido a lo largo del último mes. La torpeza de Norberto y Lucía había propiciado que el hermano los encontrase juntos, comprometidamente, en uno de los dormitorios. Sucedió al poco tiempo de llegar al cortijo, cuando Roberto, Lucía y las niñas se presentaron una mañana muy calurosa de agosto, día de San Lorenzo. Para Norberto, el regreso de la familia era el momento más esperado del año. No había conseguido crear una familia, pues el recuerdo de Lucía se lo impedía, y pasaba todo el año barruntando una solución para aquel asunto que amenazaba con convertirse en un sin vivir.

Todas las vacaciones mantenían pequeños encuentros a escondidas. Estaba convencido de que Roberto, siempre amargado, terminaría por echar a perder a aquellas tres mujeres celestiales. Roberto se sentía despreciado, tanto como lo fue por su padre. Norberto propuso a su hermano gemelo, en más de una ocasión, que compartiesen la faena en el cortijo. Había convertido el edificio en una casa doble, con las mismas dependencias para uno y para otro. Pero Roberto sólo le planteaba la venta: «A mí sólo me vale que vendas este terreno. Papá quería que lo tuvieses tú. Pero si quieres, vende y nos lo repartimos.»

Pero Norberto concibió la manera de que todos saliesen beneficiados. El hecho de que Roberto encontrase a Lucía en sus brazos fue la espoleta. Le propuso un trato:

«Yo me voy con tu familia a Suiza. Te sustituyo. Y tú te quedas con todo. Nos intercambiamos, como hacíamos cuando éramos pequeños y tú no querías encargarte del herraje de los toros. Cuando te tocaba, yo te sustituía y nadie lo notaba, ni siquiera papá. ¿No jugábamos a decirles a los chavales del pueblo que tú eras yo y yo era tú? Por lo pronto inscribiré toda la casa a tu nombre. Todo pasará a tu nombre. Incluso, más adelante, si estás convencido, podemos hasta intercambiarnos los DNI. Te cambio una vida por otra.»

Se lo pensó durante aquellas tardes de agosto. Apenas hablaban en la mesa. Las horas posteriores a la cena, con las niñas jugando por el jardín, que era sólo maleza rebelde, soportaban un tenso silencio bajo las parras. Norberto no sabía de qué hablarían Lucía y Roberto por las noches. Sudaba y rezaba por que todo tuviese un provechoso desenlace.

El día antes de la fecha señalada para volver a Basilea, Roberto dejó las llaves del coche, del 124, entre las cosas de Norberto en el aparador de la cocina. Por la mañana, Norberto había apañado su maleta y Lucía la suya y la de las niñas. Se sonrieron en el porche. Se tomaron de la mano. Las niñas no distinguirían a un padre de otro. Mucho menos cuando hubiesen pasado un par de años. Quizás un cambio de carácter, para mejor. Roberto salió a despedirlos. Ni siquiera quiso acercarse a las niñas. Los miró a ambos y les deseó suerte. «Yo no estoy hecho para tener familia —dijo con media sonrisa—, me haré a los toros.»

Les embargó el miedo y la felicidad cuando se montaron en el 124. Las niñas decían adiós a su padre llamándolo «tío Norberto». La situación parecía casi cómica. Norberto miró por el retrovisor viendo perderse la finca. Puso su mano sobre las rodillas de Lucía y le pidió que sacase una cinta de casete de la guantera. Juanito Valderrama, *El emigrante*.

«Es para irme ambientando», dijo con guasa.

Poco después, los cuatro cantaban a coro con alegría: *«Me voy a hacer un rosario con tus dientes de marfil...»*

42

En el último encuentro en comisaría Matías Verdón confesó a Jimena Tornés el mal rato al que le condujo aquel disparate de la grabación de una confesión en una cinta de coplas. El resultado, aunque de una calidad mediocre, era más que suficiente para que la investigación discurriera con éxito.

—Así que no bastó a estas chicas perder a sus padres, vivir con un tío que no era su tío, sufrir vejaciones de quien era su padre, sentirse solas y abandonadas, sino que además, ese individuo termina matando a una de ellas, que es como matar a las dos...

—No es tan sencillo, Jimena. —Matías Verdón repitió la frase que había convertido en su favorita—. Aunque no hay tanta distancia entre don Sebastián y don Norberto. Son tal para cual. Don Sebastián se agarrará a una eximente de trastorno mental transitorio. Tiene experiencia en eso. Y quizá tenga algo de razón. Hay que tener mucha sangre fría, o muy poca razón, para arrancar los dientes de una muchacha a la que has dejado preñada. La chica, embarazada, se disponía a montarle un buen pollo en el psiquiátrico. Habría sido un escándalo, y quizás el fin de la cómoda vida de don Sebastián y familia. La chica le había puesto en un brete. Y, sobre la marcha, cuando el cuerpo de Sacramento se le escurrió de las manos, asfixiada, se le ocurrió lo de los dientes. Siempre me escamó ese asunto. La aparición de Remedios desencaminó su estrategia y le echó abajo las coartadas. A partir de ese momento don Sebastián entró en un trance de curiosidad científica, podría decir, y de miedo: tenía que saber cuánto contó Sacramento a Remedios, cuánto sabía. Pero llegó tarde, Jimena. Por otra parte, Norberto, o Roberto, no confiaba en las muchachas. En cuanto Sacramento apareció muerta sólo pudo sospechar de Remedios. Y Remedios de Norberto. Una sospecha cruzada, doble, todo doble. Había demostrado durante años a las niñas cómo hacer daño. El abuso era como un pago tardío a la traición de su hermano y su esposa. Piensa el ladrón... Hay gente muy rara, Jimena. En el manicomio, seguramente, Sacramento García se encontró con gente extraña. Pero quien le pudo parecer el más normal resultó ser el más despiadado.

—Buen trabajo, campeón.

—Supongo que don Sebastián tendrá ya reserva en el talego.

—Hoy mismo lo pasamos a disposición judicial. Y a Norberto, o Roberto..., con tu denuncia podemos sacarle algo por la inducción de lesiones. No mucho, pero con los abusos, que no han prescrito, tenemos algo más. La prensa se lo va a pasar en grande. Ahí tendrá su calvario. Y la chica quizás esté dispuesta a denunciar el caso, aunque será palabra de loca. Repite que su padre murió en un accidente de coche.

—Es que me temo que es verdad.

El Desastres hizo sonar el claxon. Verdón se asomó a la ventana. Cómo se habría agenciado la ambulancia para conducir de vuelta a Granada era otro misterio. Verdón miró a Jimena y sonrió a medias, como justificando su marcha. Había recuperado cierto color en el alma, una alegría de vivir. Perdió una buena expectativa de ganar mucho dinero. Le quedaba aguantar bastantes horas de tabarra del Desastres en el Bar Gabriel, recriminándole su escrupulosa profesionalidad. A un cliente como el psiquiatra podía haberle sacado una buena tajada de cuartos, e incluso haber amañado el caso para dejar incólume al médico y vivir de las rentas: podría haberle exigido una pensión para los restos a cambio del silencio. Pero el precio de Matías Verdón era otro, se parecía a la conciencia tranquila.

Se prometieron verse muy pronto. La A-92 era una gruesa arteria que acercaba sus ciudades con facilidad. Y ponía a un tiro de piedra el hecho de pasar un buen rato en compañía. «Prometo venir a ver la EXPO cuanto antes, para mirarte con los dos ojos», dijo.

Jimena lo despidió en la puerta de la comisaría. El beso final le ocupó todo el bigotazo y gran parte de su felicidad.

Los sucesos de Matías Verdón y Desastres son *Purísima Ficción* (permítase el inventajo). El hecho de que ellos no existan —aunque guardo fotografías de sus rostros— incluye que los lugares adonde van pueden no existir, pero podrían haber existido. En este caso, los lectores de Sevilla, atentos, lo pueden corroborar. Las cosas existen o no, menos en la novela, donde pudieron existir. Verdón y Desastres viven en un lugar que existe y podría existir. Eso es el Zaidín. Y hago con esta novela —como en la anterior— homenaje al barrio que me acogió (los peores somos los conversos), que es barrio como todos los barrios, mejunje que existe en todas las ciudades. Y ése es el motivo de que el nombre del barrio figure en el título.

Mi agradecimiento a todos los que hicieron posible esta novela, a mis padres, que me llevaron al Zaidín y de allí no han salido —mi padre en la memoria, mi madre en su casa—; a Isabel, que tanto corrigió y me acompaña; a mis pequeños, que aguantan horas sin padre; a Antonio, socio y zaidinero de pro; a Mariano Maresca, maestro en corrección de la prosa, y a los amigos todos —los que no están, los presentes y los futuros—, porque como dice Desastres: «Si no tuviésemos los bares, nos volveríamos locos.»

ALFONSO SALAZAR

OTROS TÍTULOS DE LA COLECCIÓN

ADIÓS, PRINCESA

Juan Madrid

¿Qué pasaría si una joven promesa del periodismo hubiera sido novia del Príncipe? ¿Y si esa joven tuviera un pasado turbio y hubiera sectores muy influyentes que no la quisieran como Reina? ¿Y si apareciera muerta?

El escritor Juan Delforo (autor de la serie de novelas protagonizadas por Toni Romano y trasunto del propio Juan Madrid) ha sido acusado del asesinato de la presentadora de telediario Lidia Ripoll. El diario personal de la periodista lo incrimina como autor material de la muerte. La investigación policial señala como posible cómplice al ex boxeador y ex policía Antonio Carpintero, alias Toni Romano (en quien Delforo se basó para crear a su mítico personaje). Desde la cárcel, el novelista buscará la ayuda de Toni. Algunas de las claves del caso están resueltas en unas grabaciones que Delforo hizo como apuntes para su próxima novela. Pero el escritor no es quien Toni ha creído durante todos estos años. De hecho, todos mienten, nada ni nadie es lo que parece, y Toni Romano tendrá que descubrir qué intereses guían a los servicios secretos y quién está detrás de las redes de poder.

Apasionante y apasionada, esta novela hará las delicias del lector. Una vez empezada no podrá dejarla. Su prosa, sabia, certera y contundente, garantiza el viejo placer de la lectura.

CRÍMENES PARA UNA EXPOSICIÓN

Juan Bolea

Del pasado de la ambigua y sorprendente subinspectora Martina de Santo regresa un atractivo fantasma: Maurizio Amandi, pianista célebre por su talento, excesos y obsesión por la obra *Cuadros para una exposición*, del compositor ruso Modest Mussorgsky. La última gira de Amandi coincide con los asesinatos, en distintas ciudades, de una serie de anticuarios con los que él había mantenido contacto. Al reencontrarse con Martina de Santo, un nuevo crimen vuelve a señalar al pianista como sospechoso A partir de ahí, la subinspectora deberá recurrir a sus facultades deductivas y a todo su valor para desvelar el misterio y desenmascarar al asesino y darle caza.

Con *Crímenes para una exposición*, Juan Bolea revalida su prestigio como uno de los grandes maestros contemporáneos de la novela de intriga. Su nombre, y el de su subinspectora, están ya intrínsecamente ligados a la nueva novela policíaca española y al futuro del género.

RUIDO DE FONDO

David Gistau

Cuando el prometedor periodista Eduardo Bárcena entra en los bares de lujo de Madrid, es recibido con palmadas en la espalda. Es un joven que parece tenerlo todo: la novia más guapa, el trabajo más exitoso y multitud de ofertas interesantes. La gente reconoce por la calle al periodista de moda. Pero un violento suceso relacionado con el movimiento ultra-sur, al que perteneció años atrás, le devolverá al sórdido y oscuro pasado que siempre ha tratado de ocultar. Las antiguas peleas y los gritos de «a por ellos» dejarán de ser un rumor en su memoria. Puede que sus antiguos devaneos con las bandas de fútbol sean aún más imborrables que los tatuajes que esconde bajo su camisa...